도련님

나쓰메 소세키 지음 | 장현주 옮김

더클래식

| 차례 |

1

부모에게 물려받은 앞뒤 안 가리는 성격 때문에 어린 시절부터 손해만 봐왔다. 초등학교 다닐 때는 학교 2층에서 뛰어내리다 허리를 삐어 일주일 정도 고생한 적이 있다. 왜 그런 터무니없는 짓을 했느냐고 묻는 사람이 있을지도 모르겠다. 특별한 이유는 없다. 새로 지은 학교 건물 2층에서 고개를 내밀고 있는데 같은 반 친구 한 명이 농담으로 "아무리 잘난 척해도 거기서 뛰어내리지는 못할걸, 이 겁쟁이야"라고 놀렸기 때문이다. 학교 사환에게 업혀 집으로 돌아왔을 때, 아버지가 눈을 부릅뜨고 "2층 건물에서 뛰어내리다 허리를 삐는 녀석이 어디 있어"라고 하기에 "다음에는 허리를 삐지 않고 뛰어내릴게요"라고 대답했다.

친척에게 선물 받은 외제 칼의 멋진 칼날을 햇빛에 비추며 친구들에게 자랑하고 있는데 한 아이가 "빛나기는 하지만 안 들 것 같은데"라고 말했다. 나는 "안 들 리가 있나. 말만 해. 뭐든지 자를 테니"라고 되받아쳤다. "그렇다면 네 손가락을 잘라봐"라고 주문하기에 "뭐야, 손가락 정도는 아무것도 아니지" 하며 엄지손가락을 비스듬히 벴다. 다행히 칼이 작았고 엄지손가락 뼈가 단단했기에 지금도 엄지손가락은 손에 붙어 있다. 그러나 흉터는 죽을 때까지 사라지지 않을 것이다.

마당에서 동쪽으로 스무 발자국 걸어가면 남쪽으로 작은 채소밭이 있는데 한가운데 밤나무 한 그루가 서 있다. 이 나무는 내 목숨보다 소중한 밤나무이다. 아람이 벌어질 무렵에는 아침에 일어나자마자 뒷문으로 나와 떨어진 것을 주워 학교에 가서 먹었다. 채소밭 서쪽은 야마시로야라는 전당포 마당으로 이어지는데, 이 전당포에는 간타로라는 열서너 살짜리 아들이 있었다. 간타로는 물론 겁쟁이다. 겁쟁이 주제에 대나무로 얼기설기 엮은 담을 넘어 밤을 훔치러 온다. 어느 날 저녁 문 뒤에 숨어 있다가 마침내 간타로를 붙잡았다. 도망갈 길이 없자, 간타로는 있는 힘을 다해 덤벼들었다. 간타로는 나보다 두 살 정도 나이가 많았다. 겁쟁이지만 힘이 셌다. 간타로는 큰 머리통을 내 가슴팍에 사정없이 밀어붙였다. 그러다가 간타로의 머리통이 미끄러져 내 소매 속으로 들어갔다. 간타로의 머리 때문에 손을 쓸 수가 없어서 팔을 마구 흔들었더니 소매 속에 있던 간타로의 머리가 좌우로 몹시 흔들렸다. 괴로워하던 간타로가 소매 속에서 내 팔을 물고 늘어졌고, 나는 아파서 간타로를 울타리로 밀어붙이고 발을 걸어 울타리 너머로 넘겨버렸다. 야마시로야의 마당은 채소밭보다 1.8미터나 낮았다. 간타로는 대나무 울타리를 반쯤 무너뜨리며 자기 집 마당에 거꾸로 떨어져 끙 소리를 냈다. 간타로가 곤두박질칠 때 내 옷소매도 뜯겨나가 갑자기 손이 자유로워졌다. 그날 밤 어머니가 야마시로야에 사과하러 갔다가 한쪽 소매를 찾아왔다.

이외에도 장난이라면 수없이 쳤다. 한번은 목수 집 가네코와 생선 가게 가쿠와 모사쿠네 당근 밭을 엉망으로 만든 적이 있다. 아직 당근 싹이 나지 않은 한쪽에 짚이 깔려 있어 그 위에서 셋이 한나절 동안 씨름을 했더니 당근이 모두 짓뭉개졌다.

후루카와네 논에 딸린 우물을 메워서 혼쭐난 일도 있다. 굵은 죽순대의 마디를 뚫어 땅속 깊이 묻어두면 그 대나무 통으로 물이 솟아나와 근처 논으로 물을 대는 장치였다. 그때는 어떤 장치인지 몰랐기 때문에 돌과 나뭇조각을 우물 안으로 꾹꾹 밀어 넣었다. 물이 나오지 않는 것을 확인한 후 집으로 돌아가 밥을 먹고 있는데, 후루카와가 시뻘건 얼굴로 소리를 지르며 달려왔다. 이 일은 변상을 해주고 마무리됐던 것 같다.

아버지는 나를 조금도 귀여워하지 않았다. 어머니는 형만 편애했다. 형은 피부가 유난히 하얘서 가부키의 여자 역할 하기를 좋아했다. 아버지는 나를 볼 때마다 "이 녀석은 어차피 사람 되기는 틀렸어"라고 말했다. 어머니는 저렇게 장난만 치니 앞으로 뭐가 될지 걱정이라고 했다. 그렇다. 이미 사람 되기는 틀렸다. 보는 바와 같이 말이다. 앞날이 걱정되는 것도 무리가 아니다. 그저 감방에 가지 않은 것을 다행으로 여기며 살아갈 뿐이다.

어머니가 병으로 죽기 2, 3일 전에 부엌에서 공중제비를 돌다가 부뚜막 모서리에 갈비뼈를 부딪쳤는데 몹시 아팠다. 어머니는 노발대발하며 너 같은 놈은 꼴도 보기 싫다고 해서 친척 집에 며칠 가 있었다. 그런데 얼마 지나지 않아 어머니가 돌아가셨다는 연락이 왔다. 그렇게 빨리 돌아가실 줄 몰랐다. '그렇게 큰 병이었다면 좀 더 얌전히 굴었을 텐데'라고 생각하며 집으로 돌아왔다. 형은 나를 보자마자 불효자라며 너 때문에 어머니가 빨리 돌아가셨다고 했다. 분한 마음에 형의 뺨을 때렸다가 몹시 야단을 맞았다.

어머니가 돌아가신 후 아버지와 형, 나 이렇게 셋이서 살았다. 아버지는 아무 일도 하지 않는 사람으로 내 얼굴만 보면 "너는 틀렸어"라고 입버릇처럼 말했다. 뭐가 틀렸다는 건지 지금도 모르겠다. 참으로 이상한 아버지였다. 형은 사업가가 되겠다며 영어 공부를 열심히 했다. 타고난 성품이 계집애 같고 교활해서 나와 사이가 좋지 않았다. 열흘에 한 번 꼴로 싸웠다. 어느 날 장기를 두는데 비겁한 수를 썼다. 내가 곤경에 처하자 기분이 좋은 듯 놀려댔다. 너무 화가 나서 손에 쥐고 있던 차(車)를 형의 미간에 내던졌다. 미간이 찢어져 피가 조금 났다. 형이 아버지에게 고자질을 했다. 아버지는 나를 호적에서 파버리겠다고 했다.

이제 어쩔 수 없다고 포기하고 아버지가 말한 대로 부모 자식 간 연을 끊을 작정으로 있었는데, 지난 10년 동안 집안일을 해온 기요라는 하녀가 울면서 아버지에게 용서를 빌어 간신히 아버지의 화가 풀렸다. 그런데도 아버지를 무섭다고 생각하지 않았다. 오히려 이 기요라는 하녀가 가여웠다. 기요는 원래 유서 깊은 가문 출신인데 메이지 유신으로 도쿠가와 막부가 무너질 때 집안이 몰락하여 결국 남의집살이를 하게 되었다고 했다. 기요는 나이 많은 할멈이었다. 무슨 이유에서인지 할멈은 나를 몹시 귀여워했다. 이상한 일이었다. 어머니도 죽기 사흘 전에 나한테 정나미가 떨어졌고 아버지도 늘 골칫덩어리로 여겼으며 마을에서는 난폭한 건달 취급을 했다. 이런 나를 지나칠 만큼 아꼈다. 나는 사람들이 좋아할 만한 성격이 아니라고 스스로 포기한 터라 남들이 함부로 대하더라도 대수롭지 않았다. 오히려 기요처럼 나를 애지중지하는 것이 이상했다. 기요는 가끔 부엌에서 아무도 없을 때 "도련님은 정직하고 성품이 좋으세요" 하며 칭찬해주곤 했다. 그러나 나는 기요가 하는 말의 의미를 몰랐다. 내 성품이 좋다면 기요뿐만 아니라 다른 사람들도 나에게 더 잘해줄 것이라 생각했다. 기요가 이런 말을 할 때마다 늘 입에 발린 소리는 싫다고 대답했다. 그러면 기요는 "그래서 성품이 좋다는 거예요"라고 말하며 흐뭇한 듯이 내 얼굴을 바라보았다. 자기 마음대로 그려놓은 내 모습을 자랑스러워하는 듯이 보였다. 기분이 조금 나빴다.

어머니가 돌아가신 후 기요는 더욱 나를 애지중지했다. 가끔 어린 마음에 왜 나를 그렇게 귀여워하는지 궁금했다. 괜한 짓이니 그만두었으면 싶었다. 그런 기요가 안됐다는 생각도 들었다. 그럼에도 기요는 나를 애지중지했다. 때때로 자신의 용돈으로 긴쓰바*나

매화 모양 센베이를 사주었다. 추운 밤에는 몰래 사놓은 메밀가루로 소바유**를 만들어 자고 있는 내 머리맡에 놓아두기도 했다. 가끔 냄비우동도 사주었다. 먹는 것뿐만이 아니었다. 양말도 받았다. 연필도 받았다. 공책도 받았다. 또 훨씬 뒤의 일이지만 3엔을 빌려주기도 했다. 빌려달라고 한 것이 아니었다. 기요가 내 방으로 오더니 "용돈이 없어 힘드시죠. 이걸 쓰세요"라고 말했다. 물론 나는 필요 없다고 했으나 부디 쓰라고 하니 받아두었다. 사실은 대단히 기뻤다. 그 3엔을 끈 달린 지갑에 넣었다. 어느 날 그 지갑을 품에 넣고 변소에 갔다가 그만 똥통에 빠뜨리고 말았다. 하는 수 없이 꾸물꾸물 나와 실은 이러이러하게 됐다고 기요에게 이야기하니 기요는 즉시 대나무 막대를 가져와 꺼내주겠다고 했다. 잠시 후 우물가에서 쏴쏴 물소리가 들려 나가보니 대나무 끝에 걸린 지갑을 물로 씻고 있었다. 지갑을 열어 1엔짜리 지폐를 살펴보니 갈색으로 변한 데다 무늬도 희미했다. 기요는 지폐를 화로에 말린 후 "이제 됐지요" 하며 내밀었다. 지폐에서 냄새가 난다고 했더니 "그럼 이리 주세요. 다른 것으로 바꿔 올게요"라고 말하더니 어디서 구했는지 지폐 대신에 은화 3엔을 가지고 왔다. 이 3엔을 어디에 썼는지 잊어버렸다. 곧 갚겠다고 말해놓고 갚지 않았다. 이제는 열 배로 갚고 싶어도 갚을 수가 없다.

* 밀가루 반죽에 팥소를 넣고 납작하게 만들어 구운 과자이다.

** 메밀가루를 더운물에 푼 메밀당수다.

기요는 아버지와 형이 없을 때만 나에게 뭔가를 주었다. 나는 다른 사람 몰래 혼자 이득을 얻는 게 정말 싫었다. 물론 형과는 사이가 좋지 않았지만 형 몰래 기요로부터 과자나 색연필을 받고 싶지 않았다. 왜 나에게만 주고 형에게는 주지 않느냐고 기요에게 물어본 적이 있다. 그러자 기요가 새침한 얼굴로 "형은 아버지가 사주잖아요"라고 대답했다.

이건 불공평하다. 아버지는 완고해도 그런 편애는 하지 않는 사람이다. 그러나 기요 눈에는 그렇게 비쳤나 보다. 완전히 내게 빠진 것이다. 유서 깊은 가문 출신이지만 교육을 받지 못한 할멈이니 어쩔 수가 없다. 단순히 이뻐만이 아니다. 편애는 무서운 것이다. 기요는 내가 장래에 입신출세하여 훌륭한 사람이 될 거라고 믿고 있었다. 공부를 잘하는 형은 살결만 희고 별 볼일 없을 거라고 혼자 단정 지어버렸다. 이런 할멈은 당해낼 재간이 없다. 자신이 좋아하는 사람은 훌륭한 인물이 되고 싫어하는 사람은 신세를 망칠 거라고 믿는 것이다. 나는 그때 특별히 되고 싶은 것이 없었다. 하지만 기요가 훌륭한 인물이 될 거라고 거듭 말하니 뭔가 될 수 있을 거라고 생각했다. 지금 생각해보면 참으로 어리석었다. 어느 날 기요에게 "내가 크면 뭐가 될 것 같아?" 하고 물어보았다. 그러나 기요도 별다른 생각은 없었는지 "틀림없이 자가용 인력거를 타고 멋있는 현관이 있는 집을 갖게 될 거예요"라고 말했을 뿐이다.

기요는 내가 집을 마련해 독립하면 같이 살 생각인 듯했다. 부디 자기를 데려가달라고 거듭 부탁했다. 나도 왠지 내 집을 갖게 될 것 같아 "응, 같이 살아"라고 대답해두었다. 그런데 이 할멈은 상상력이 대단히 뛰어나서 "도련님은 어디에 살고 싶어요? 고지마치에요, 아자부에요? 정원에는 그네를 만들어놓고 서양식 방은 하나면 충분할 거예요"라며 자기 마음대로 세운 계획을 혼자 늘어놓았다.

그때는 집 따위는 전혀 갖고 싶지 않았다. 서양식 집이든 일본식 집이든 전혀 관심이 없었기 때문에 기요가 그럴 때마다 "그런 거 갖고 싶지 않아"라고 대답했다. 그러면 "도련님은 욕심이 없고 마음이 고와요"라며 칭찬했다. 기요는 내가 무슨 말을 하든 칭찬해주었다.

어머니가 돌아가시고 5, 6년 동안 이렇게 살았다. 아버지에게는 혼나고 형과는 싸움을 했다. 기요가 사주는 과자를 먹고 때때로 칭찬을 받았다. 특별히 바라는 것도 없었다. 이것으로 충분했다. 다른 아이들도 대부분 이럴 것이라고 생각했다. 단지 기요가 기회만 있으면 "도련님이 가엾어요. 불행해요"라고 말했기 때문에 '나는 가엾고 불행한 사람이구나'라고 생각했다. 이것 말고는 전혀 문제될 것이 없었다. 다만 아버지가 용돈을 주지 않은 데는 두 손 들었다.

어머니가 돌아가신 후 여섯 번째 맞는 정월에 아버지도 뇌졸중으로 세상을 떠났다. 그해 4월, 나는 어느 사립 중학교를 졸업했다. 6월에 형은 상업 학교를 졸업했다. 형은 어떤 회사의 규슈 지점에 자리가 있어서 그곳으로 가야만 했다. 나는 도쿄에서 학업을 계속해야 했다. 형은 집을 팔아 재산을 정리하고 임지로 떠나겠다고 했다. 나는 마음대로 하라고 했다. 어차피 형에게 신세질 마음은 없었다. 형이 나를 돌봐준다고 해도 싸울 것이 뻔했다. 만약 형의 보호를 받는다면 이런 형에게 머리를 숙여야 한다. 우유 배달을 해서라도 먹고살 각오였다. 얼마 뒤 형은 고물상을 불러 조상 대대로 써온 살림살이를 헐값에 팔았다. 집은 어떤 사람의 주선으로 부자에게 팔았다. 꽤 큰돈이 됐을 테지만 자세한 것은 전혀 모른다. 왜냐하면 나는 한 달 전부터 간다의 오가와마치에서 하숙을 하고 있었기 때문이다.

기요는 십수 년 살던 집이 다른 사람 손에 넘어가는 것을 무척 안타까워했다. 그러나 자기 집이 아니었으므로 어쩔 도리가 없었다. "도련님이 조금 더 나이를 먹었다면 이 집을 상속받았을 텐데"라며 아쉬워했다. 나이를 먹었다는 이유로 상속받을 수 있다면 지금도 상속받을 수 있을 것이다. 할멈은 아무것도 모르니까 나이만 조금 더 먹었더라면 형의 집을 물려받았을 것이라고 거듭 말했다.

형과 나는 그렇게 헤어졌다. 그러나 기요의 거처가 문제였다. 형은 물론 데리고 갈 형편이 아니었고 기요도 형을 따라 규슈까지 갈 생각은 털끝만큼도 없었다. 나 역시 그 당시 다다미 넉 장 반짜리의 값싼 하숙방에 있었고 그것조차도 여차하면 빼주어야 할 상황이었다. 어쩔 도리가 없었다. 기요에게 어디 다른 곳에서 일할 생각은 없냐고 물었다. 도련님이 집을 장만하고 아내를 얻게 될 때까지는 조카에게 신세를 질 수밖에 없다는 답변이 돌아왔다. 기요의 조카는 재판소의 서기로 우선 먹고사는 데 지장이 없었기에 기요에게 함께 살자고 했으나 기요는 비록 남의집살이를 해도 오랫동안 살아온 집이 좋다며 응하지 않았다. 그러나 지금은 모르는 집에 남의집살이를 가서 눈치를 보느니 조카에게 신세를 지는 편이 낫다고 생각했다. 그런데도 빨리 집을 장만하라는 둥 아내를 맞이하라는 둥 자기가 시중을 들겠다고 한다. 혈육인 조카보다도 내가 더 좋은 것이다.

규슈로 떠나기 이틀 전에 형이 하숙집에 찾아와 600엔을 건네며 "이 돈으로 장사를 하든지, 계속 공부를 하든지 마음대로 해라. 대신 나중은 상관하지 않겠다"고 했다. 형이 한 행동치고는 칭찬할 만했다. 600엔을 받지 않아도 곤란할 것은 없지만 평소와 다른 형의 깔끔한 태도가 마음에 들어 고맙다는 말을 하고 받아두었다. 그리고 형은 기요 몫으로 나에게 50엔을 주었는데 이의 없이 받았다. 이틀 뒤 신바시 정류장에서 헤어진 후 형과는 한 번도 만나지 못했다.

나는 600엔을 어떻게 쓸지 누워서 생각했다. 장사는 귀찮기도 하고 잘될 것 같지도 않았다. 600엔으로 장사다운 장사를 할 수도 없었다. 만약 한다고 해도 지금 상태로는 사람들 앞에 내세울 만한 교육을 받은 것도 아니어서 돈을 잃을 것이 뻔하다. 차라리 그 돈으로 공부를 하는 편이 낫다. 600엔을 3등분해 1년에 200엔씩 쓰면 3년 동안 공부를 할 수 있다. 3년 동안 열심히 공부하면 뭐든 될 것이다. 그러나 어느 학교에 들어갈지 문제였다. 천성적으로 공부는 적성에 맞지 않았다. 특히 어학이나 문학은 질색이었다. 신체시는 20행 중에서 1행도 모른다. 어차피 전부 싫다면 뭘 해도 마찬가지라고 생각하던 차에 물리 학교 앞을 지나다 학생 모집 광고가 붙어 있기에 이것도 인연이라 생각하여 지원서를 받아 입학 수속을 해버렸다. 지금 생각하면 이 역시 부모에게 물려받은 무모한 성격 때문에 일어난 실수다.

다른 사람과 마찬가지로 3년 동안 공부했지만 특별히 머리가 좋은 편이 아니라 석차는 언제나 뒤에서 세는 것이 빨랐다. 그러나 놀랍게도 3년이 지나고 졸업을 했다. 나 자신도 믿을 수 없는 일이었지만 불평할 이유도 없으므로 얌전히 졸업했다.

졸업한 지 8일째 되는 날, 교장의 부름에 무슨 일인가 싶어 찾아갔더니 시코쿠에 있는 중학교에서 수학 교사를 구하는데 월급은 40엔이라며 가는 것이 어떻겠느냐고 제안했다. 나는 3년 동안 공부했지만 교사가 될 생각도 시골로 갈 생각도 없었다. 그렇다고 교사 외에 딱히 뭘 하겠다는 목표도 없었기 때문에 이 제안을 받았을 때 가겠다고 그 자리에서 대답했다. 이것도 부모에게 물려받은 무모한 성격이 자초한 일이었다.

가겠다고 한 이상 부임해야 한다. 이 3년 동안 다다미 넉 장 반짜리 하숙방에 틀어박혀 있으면서 잔소리는 단 한 번도 들은 적이 없다. 싸움도 하지 않았다. 내 생애에서 비교적 한가로운 시기였다. 이제 다다미 넉 장 반짜리 하숙방을 떠나야만 한다. 태어나서 도쿄를 떠나본 일은 같은 반 친구들과 가마쿠라에 소풍갔을 때뿐이었다. 지금은 가마쿠라 정도가 아니다. 매우 먼 곳으로 가야만

한다. 지도에서 찾아보니 모래사장의 바늘만큼 작아 보인다. 어차피 변변한 곳은 아닐 것이다. 어떤 마을인지 어떤 사람이 살고 있는지 모른다. 몰라도 상관없다. 걱정은 되지 않는다. 단지 갈 뿐이다. 다만 조금 귀찮다.

집을 팔고 나서도 기요가 사는 곳에 가끔 찾아갔다. 기요의 조카는 괜찮은 사람이었다. 내가 갈 때마다 집에 있는 날은 이것저것 대접해주었다. 기요는 나를 앞에 두고 나에 대한 자랑을 조카에게 늘어놓았다. 한번은 내가 학교를 졸업하면 고지마치 쪽에 집을 사고 관청을 다니게 될 거라고 큰소리를 친 적도 있다. 혼자 정하고 혼자 말하는 통에 나는 어찌할 바를 몰라 얼굴이 붉어졌다. 이런 일은 한두 번이 아니었다. 내 어린 시절 자다가 오줌 싼 이야기까지 하는 데는 할 말을 잃었다. 조카는 무슨 생각을 하며 기요의 자랑을 듣고 있었을까. 기요는 옛날 사람이라 자신과 나를 봉건 시대의 주종 관계처럼 생각했다. 자신의 주인이라면 조카에게도 주인이라고 믿었다. 조카의 입장이 딱하게 되었다.

시코쿠로 떠나기 사흘 전에 기요를 찾아갔더니 감기에 걸려서 다다미 석 장짜리 북향 방에 누워 있었다. 나를 보고 일어나자마자 "도련님, 언제 집을 장만하시나요?"라고 물었다. 기요는 졸업만 하면 돈이 저절로 주머니 속에서 솟아나온다고 생각했다. 그처럼 대단한 인물을 아직도 도련님이라고 부르다니 어이가 없다. 내가 당분간 집은 장만하지 않고 시골로 간다고 했더니 매우 실망한 표정으로 반백의 흐트러진 귀밑머리를 자꾸 매만졌다. 그 모습이 너무 가여워서 "곧 돌아올 거야. 내년 여름 방학 때는 꼭 올게"라고 위로해주었다. 그런데도 서운한 얼굴을 하고 있기에 "올 때 무슨 선물을 사다줄까? 원하는 거 있어?"라고 물어봤더니 "에치고의 조릿대 잎으로 싼 사탕이 먹고 싶어요"라고 했다. 에치고의 조릿대 잎으로 싼 사탕이라니, 들어본 적도 없다. 우선 방향부터 달랐다. "내가 가는 시골에는 조릿대 잎으로 싼 사탕은 없을 거야"라고 했더니 "그럼 어느 쪽인데요?"라고 물었다. "서쪽이야"라고 하자, "하코네 지나서예요? 지나기 전이에요?"라고 묻는다. 한동안 기요의 물음에 대답하느라 애를 먹었다.

기요는 떠나는 날 이른 아침부터 와서 이것저것 챙겨주었다. 오는 길에 잡화점에서 사온 칫솔과 치약, 이쑤시개, 수건을 천가방에 넣어주었다. 그런 것은 필요 없다고 해도 좀처럼 들으려 하지 않았다. 인력거를 타고 정류장까지 따라와 플랫폼에 함께 들어온 기요는 기차에 올라타는 내 얼굴을 가만히 쳐다보며 "마지막이 될지도 모르겠네요. 아무쪼록 건강하세요"라고 작은 소리로 말했다. 눈에는 눈물이 가득 고여 있었다. 나는 울지 않았다. 그러나 조금 더 있었더라면 울음을 터뜨렸을 것이다. 기차가 출발한 지 한참이 지난 후 이젠 갔겠지 싶어 창으로 목을 빼고 돌아보니 기요는 아직도 그 자리에 서 있었다. 왠지 아주 조그맣게 보였다.

2

'부웅' 뱃고동 소리를 내며 기선이 멈추자 거룻배가 기슭을 떠나 노를 저어 다가왔다. 사공은 벌거벗은 몸에 빨간 훈도시*를 입고 있었다. 야만스러운 곳이다. 하긴 이렇게 더워서야 어디 옷을 입을 수 있겠는가. 강렬한 햇볕에 물이 반짝였다. 바라보고 있으니 현기증이 났다. 사무원에게 물어보니 나는 여기서 내려야 한다고 했다. 언뜻 보기에 오모리 크기의 어촌이었다. '사람을 바보 취급하다니. 이런 곳에서 어떻게 살란 말인가'라고 생각했지만 어쩔 수 없었다. 위세 좋게 맨 먼저 거룻배에 올라탔다. 뒤따라 대여섯 명이 탔다. 이어 커다란 상자를 네 개 정도 더 싣고 빨간 훈도시는 기슭으로 배를 저어갔다. 육지에 도착했을 때도 맨 먼저 뛰어올라

* 일본의 성인 남성이 입는 전통 속옷으로, 폭이 좁고 긴 천으로 만들었다.

가 다짜고짜 물가에 서 있던 코흘리개 꼬마를 붙잡고 중학교가 어디에 있는지 물었다. 꼬마는 멍하게 "몰라"라고 대답했다. 멍청하기 짝이 없는 시골 녀석이다. 콧구멍만 한 촌구석에서 중학교가 어디 있는지도 모르다니. 그때 이상한 통소매를 입은 남자가 다가와서 이쪽으로 오라고 말하기에 따라갔더니 미나토야라는 여관으로 데리고 갔다. 호감 가지 않는 여자들이 한목소리로 "들어오세요" 하자 들어가고 싶지 않았다. 문 앞에 서서 중학교가 어디에 있느냐고 묻자 중학교는 여기에서 기차를 타고 2리 정도 더 가야 한다는 것이었다. 이 말을 들으니 더욱 들어가기 싫었다. 나는 통소매를 입은 남자로부터 내 가방 두 개를 낚아채 들고 느릿느릿 걷기 시작했다. 여관 사람들은 떨떠름한 표정을 지었다.

정거장은 쉬이 찾았다. 차표도 문제없이 샀다. 타고 보니 성냥갑 같은 기차였다. 덜컹덜컹 5분가량 움직였나 싶은데 금세 내려야 했다. 어쩐지 차표가 싸다 했다. 겨우 3전이었다. 거기서 인력거를 타고 중학교에 갔으나 이미 수업이 끝나서 아무도 없었다. 숙직 선생님은 일이 있어서 잠깐 외출했다고 사환이 알려주었다. 참 속 편한 숙직 선생이다. 교장 선생이라도 찾아뵐까 했으나 피곤해서 인력거에 올라 여관으로 가자고 말했다. 인력거꾼은 힘차게 달리더니 야마시로야라는 여관 앞에 인력거를 바짝 댔다. 야마시로야는 간타로네 전당포와 상호가 같아서 기분이 조금 묘했다.

무슨 이유에서인지 2층으로 올라가는 계단 밑의 어두컴컴한 방을 안내받았다. 더워서 견딜 수 없었다. 이런 방은 싫다고 하자 안

내인은 공교롭게도 다른 방은 다 찼다며 가방을 던져놓고는 나가 버렸다. 할 수 없이 방 안으로 들어가 땀을 흘리며 더위를 참고 있었다. 얼마 후 목욕을 하라는 소리에 욕탕에 들어가 급히 목욕을 끝내고 나왔다. 방으로 돌아갈 때 살펴보니 시원해 보이는 방이 많이 비어 있었다. 무례한 놈이다. 거짓말을 한 것이다. 잠시 뒤 하녀가 밥상을 들고 왔다. 방은 더웠지만 밥은 하숙집보다 훨씬 맛있었다. 밥 시중을 들며 하녀가 "어디서 오셨어요?"라고 묻기에 도쿄에서 왔다고 대답했다. 그러자 "도쿄는 좋은 곳이지요?"라고 물었다. 나는 당연하다고 대답해주었다. 하녀가 밥상을 들고 부엌으로 들어간 후 커다란 웃음소리가 들렸다. 그러든지 말든지 바로 잠자리에 들었으나 좀처럼 잠을 이룰 수가 없었다. 더울 뿐만 아니라 시끄러웠다. 하숙집보다 다섯 배는 시끄러웠다. 그러다가 잠이 들었는데 기요의 꿈을 꿨다. 기요가 에치고의 조릿대 잎으로 싼 사탕을 이파리째 우적우적 먹었다. 조릿대 잎은 독이 있으니 먹지 말라고 했으나 에치고의 조릿대 잎은 약이라며 맛있게 먹는다. 하도 어이가 없어서 커다란 입을 벌려 하하하 웃다가 잠에서 깼다. 하녀가 덧문을 열고 있었다. 여전히 화창한 날씨였다.

여관에 머물 때는 팁을 줘야 한다고 들었다. 팁을 주지 않으면 대접이 소홀해진다는 것이다. 이런 좁고 어두운 방에 처넣은 것도 팁을 주지 않았기 때문이다. 초라한 행색에 천가방과 박쥐우산을 들고 있으니 그랬을 것이다. 촌놈 주제에 사람을 업신여기다니. 팁을 많이 주어 놀라게 해줘야지. 이래봬도 내가 남은 학자금 30엔을 품에 넣고 도쿄에서 온 사람이다. 교통비와 잡비로 쓰고 남은 돈이 아직 14엔 정도 있었다. 전부 다 주어도 앞으로 월급을 받을 테니 문제될 것은 없었다. 촌놈들은 인색하니 5엔만 줘도 놀라서 눈이 휘둥그레질 게 분명하다. 어떻게 나오는지 보려고 세수를 하고 방으로 돌아가 기다렸다. 어제 저녁의 하녀가 밥상을 들고 왔다. 밥 시중을 들면서 히죽히죽 웃는다. 무례한 사람이다. 내 얼굴이 재미있게 생긴 것도 아닌데 말이다. 솔직히 말해서 이 하녀 얼굴보다 내 얼굴이 훨씬 낫다. 팁은 밥을 먹고 나서 줄까 했는데 부아가 치밀어 도중에 5엔 지폐를 한 장 꺼내 나중에 계산대로 가져다주라고 했더니 하녀는 수줍은 듯 어색한 표정을 지었다. 밥을 다 먹은 후 학교로 출발했다. 구두는 닦여 있지 않았다.

학교는 어제 인력거를 타고 가보았기 때문에 대강 알고 있었다. 모퉁이를 두세 번 돌자 바로 학교 앞이었다. 교문에서 현관까지 화강암이 깔려 있었다. 어제 이 길을 인력거를 타고 지나갔을 때 덜컹덜컹 큰 소리가 나서 시끄러웠다. 학교로 가는 길에 교복을 입은 학생들 대부분이 이 문으로 들어갔다. 그중에는 나보다 키 크고 강해 보이는 녀석들도 있었다. '저런 녀석들을 가르쳐야 한단 말인가'라고 생각하니 마음이 심란했다. 명함을 내미니 교장실로 안내해주었다.

교장은 듬성듬성한 수염에 피부가 검고 눈이 큰 너구리처럼 생긴 사내로 짐짓 거드름을 피웠다. "그럼, 열심히 해주게"라고 말하며 정중하게 커다란 도장이 박힌 사령장을 건넸다. 이 사령장은 나중에 도쿄로 돌아갈 때 꾸겨서 바다에 내던져버렸다. 교장은 잠시 후 교사들을 소개해줄 테니 한 사람 한 사람에게 그 사령장을 보여주라고 했다. 쓸데없는 짓이다. 그런 귀찮은 일을 할 바에는 이 사령장을 사흘간 교실에 붙여두는 편이 낫다.

교사들이 교무실에 모이려면 1교시가 끝나는 나팔 소리가 울려야 한다. 그때까지 시간이 꽤 있었다. 교장은 시계를 꺼내 보더니 "앞으로 천천히 이야기하겠지만 우선 대략 설명하겠네" 하며 교육 정신에 대해 일장 연설을 시작했다. 물론 나는 적당히 흘려듣고 있었는데 도중에 '이거 얼토당토않은 곳에 와버렸구나' 하는 생각이 들었다. 교장의 말대로는 도저히 할 수 없었다. 앞뒤 안 가리는 성격의 나 같은 사람을 붙잡고 학생들의 모범이 되라는 둥, 학교의 사표로 존경을 받아야 한다는 둥, 학문 이외에도 덕행으로 학생들에게 감화를 주지 않으면 교육자가 될 수 없다는 둥 지나치게 과도한 주문을 했다. 그런 위대한 사람이 월급 40엔 받고 이런 촌구석까지 오겠는가. 나뿐만 아니라 다른 이들도 마찬가지다. 화나면 싸움도 할 수 있다고 생각했는데 이래서는 말도 못하고 산책도 못 할 것 같다. 그런 어려운 역할이라면 고용하기 전에 미리 말해주면 좋았을 것이다. 나는 거짓말하는 것은 싫었다. 속아서 온 것이니 포기하고 이쯤에서 거절하고 돌아갈 결심을 했다. 여관에 5엔을 줬으니 지갑에는 9엔밖에 없었다. 9엔으로는 도쿄까지 갈 수 없다. 팁 따위는 주지 않았어도 될 것을 괜한 짓을 했다. 그러나 9엔으로 어떻게 해볼 수도 있을 것이다. 여비가 부족하더라도 거짓말하는 것보다 낫다고 생각하여 "교장 선생님이 말씀하신 대로는 도저히 못하겠습니다. 이 사령장은 돌려드리겠습니다"라고 했더니 교장은 너구리 같은 눈을 껌벅거리며 내 얼굴을 바라보았다. 잠시 후 "선생의 바람대로 되지 않는 것을 잘 알고 있으니 걱정하지 않아도 되네"라고 말하며 웃었다. 그 정도로 잘 알고 있다면 겁주지 않아도 되었을걸.

그러는 동안에 나팔이 울렸다. 교실 쪽이 갑자기 시끌시끌해졌다. 교사들도 교무실에 왔을 거라는 교장의 말에 그를 따라서 교무실로 갔다. 넓고 긴 교무실에는 책상이 줄지어 있고 교사들 모두 자리에 앉아 있었다. 내가 들어서자 선생들은 마치 약속이라도 한 것처럼 구경난 듯 모두 내 얼굴을 쳐다보았다. 나는 교장이 말한 대로 한 사람 한 사람 앞에 가서 사령장을 내보이며 인사했다. 다들 의자에서 일어나 허리를 굽혔지만 세심한 사람은 사령장을 받아서 일단 훑어본 뒤 정중하게 돌려주었다. 삼류 연극배우 같은 동작이었다. 열다섯 번째 체육 교사 차례가 됐을 때는 수차례 같은 동작을 한 터라 조금 짜증스러웠다. 상대방은 한 번에 끝나지만 나는 같은 동작을 열다섯 번이나 반복해야 했다. 다른 사람 입장도 조금은 생각해줘야 하는 것 아닌가.

인사한 사람 중에 교감이라는 사람이 있었다. 문학사(文學士)라고 했다. 문학사라면 대학을 졸업했을 테니 대단한 사람일 것이다. 그런데 여자같이 상냥한 목소리를 냈다. 더구나 놀랍게도 그 교감은 이런 더위에 모직 셔츠를 입고 있었다. 얇은 천이었지만 분명

더울 것이다. 문학사여서 그런지 고생스러운 복장이었다. 게다가 빨간 셔츠, 다른 사람의 시선 따위는 신경 쓰지 않는 차림이다. 나중에 들으니 이 남자는 일 년 내내 빨간 셔츠를 입는다고 한다. 정말 이상한 병도 다 있다. 본인의 설명으로는 빨간색은 몸에 약이 되니 건강을 위해 일부러 맞춘다고 하는데 쓸데없는 걱정이다. 그렇다면 기모노도 하카마*도 빨간색이 좋을 것이다. 영어 교사인 고가는 혈색이 매우 안 좋았다. 보통 얼굴이 창백한 사람은 마른 편인데 이 남자는 창백하면서도 통통 부어 있었다. 옛날 초등학교에 다닐 때, 아사이 다미라는 동급생이 있었는데 아사이의 아버지가 이런 안색이었다. 아사이네 집은 농사를 지었기 때문에 "농사꾼이 되면 저런 얼굴이 돼?" 하고 기요에게 물었더니 "그렇지 않아요. 저 사람은 덩굴 끝물 호박**만 먹기 때문에 창백하고 통통한 거예요"라고 가르쳐주었다. 그 이후 창백하고 통통한 사람만 보면 끝물 호박을 먹은 탓이라고 생각했다. 이 영어 교사도 끝물만 먹은 것이 틀림없다. 물론 끝물이 무엇을 가리키는지 아직도 모르겠다. 기요에게 물어봤지만 기요는 웃으며 대답해주지 않았다. 아마 기요도 모를 것이다. 그리고 나와 같은 수학 교사 홋타라는 사람이 있었다. 건강한 체격에 빡빡머리로 히에이산(比叡山)***의 승병 같은 얼굴이었다. 내가 정중하게 사령장을 내보여도 쳐다볼 생각도

* 일본 전통 의상으로 겉에 입는 아래옷이다.

** 호박 등 덩굴의 맨 끝에 나는 열매로, 색이 좋지 못하고 맛이 떨어진다.

*** 교토 북동부와 시가현의 경계에 있는 산이다.

않고 "이봐, 자네가 새로 온 교사인가? 나중에 놀러 오게. 아하하하"라고 했다. 이처럼 예의도 모르는 놈의 집에 누가 놀러 갈까. 나는 이때부터 이 빡빡머리에게 '센바람'이라는 별명을 붙였다.

한문 선생은 역시 행실이 바른 사람이었다. "어제 도착하셔서 피곤하실 텐데 수업하러 나오시다니 참으로 열심이십니다"라는 말을 시작으로 쉴 새 없이 떠들어대는 넉살 좋은 늙은이였다. 미술 교사는 연예인 같았다. 하늘거리는 비단 하오리*를 입고 부채를 부치며 "고향이 어디예요? 도쿄? 참으로 반가워요. 고향 사람이 생겨서…… 나도 도쿄 토박이예요"라고 했다. '이런 자가 도쿄 토박이라면 도쿄에서 태어나고 싶지 않군'이라고 생각했다. 이외에 다른 사람들에 대해서도 이런 식으로 쓴다면 얼마든지 쓸 수 있지만 끝이 없을 것 같아 그만 쓰겠다.

인사가 어느 정도 끝나자 교장이 "오늘은 가도 좋네. 수업은 수학 주임과 상의해서 모레부터 해주게"라고 말했다. 수학 주임이 누구냐고 물었더니 바로 '센바람'이라고 했다. 세상에 그 인간 밑에서 일하게 되다니 이만저만 실망한 것이 아니었다. 센바람은 "이봐, 자네 어디서 묵고 있나? 야마시로야? 알았네. 잠시 후에 가서 상의하겠네"라고 말한 후 분필을 들고 교무실을 떠났다. 주임이 직접 찾아와서 상의하겠다니, 뭘 모르는 남자다. 그래도 나를 부르는 것보다 낫다.

---

* 일본 옷 위에 입는 짧은 겉옷이다.

교문을 나와서 바로 여관으로 돌아갈까 생각하다가 발길 닫는 대로 걷기 시작했다. 현청을 보았다. 에도 시대에 지어진 오래된 건물이었다. 병영(兵營)도 보았다. 아자부에 있는 연대보다 멋지지 않았다. 번화가에도 가보았다. 도로 폭이 가구라자카*의 반밖에 되지 않았다. 1년에 쌀 25만 석을 생산하는 성하(城下) 마을이라고 해야 뻔하다. 이런 곳에 살면서 성하 마을에 산다고 빼기는 인간들이 가엾다고 생각하며 걷다 보니 어느 틈에 야마시로야 앞에 와 있었다. 마을은 생각한 것보다 좁았다.

나는 거의 둘러본 듯싶어 밥이라도 먹으려고 대문으로 들어섰다. 계산대에 앉아 있던 여주인이 내 얼굴을 보자 급히 달려 나와 "어서 오세요" 하며 마루에 이마가 닿을 정도로 엎드려 절을 했다. 신발을 벗고 올라서자 "빈방이 났어요" 하며 하녀가 2층으로 안내했다. 다다미 15장의 크기에 도코노마**가 딸려 있었다. 이렇게 멋진 방에 들어가 본 것은 태어나서 처음이다. 앞으로 언제 이런 곳에서 머물러 보나 싶어 양복을 벗고 유카타*** 차림이 되어 방 한가운데 큰 대자로 누워보았다. 기분이 좋았다.

점심을 먹고 나서 바로 기요에게 편지를 썼다. 나는 글을 잘 쓰지 못하는 데다가 맞춤법도 자신이 없어서 편지 쓰는 것을 싫어했

---

* 현재의 도쿄 신주쿠로 메이지 시대 중기 이후부터 번화가로 바뀌었다.

** 일본 건축에서 객실인 다다미방의 정면에 바닥을 한 층 높여 만들어놓은 곳이다. 벽에는 족자를 걸고 도자기, 꽃병 등으로 바닥을 장식한다.

*** 아래위에 걸쳐 입는 두루마기 모양의 긴 무명 홑옷이다.

다. 또 쓸 사람도 없었다. 그러나 기요는 걱정하고 있을 터였다. 난파당하여 죽지나 않았을까 하고 걱정하면 곤란하니 최대한 길게 썼다. 내용은 다음과 같다.

어제 도착했어. 시시한 곳이야. 다다미 15장짜리 방에 누워 있어. 여관에 팁을 5엔 줬더니 여주인이 이마가 바닥에 닿을 만큼 인사를 했어. 어젯밤은 잠을 이루지 못하다가 꿈을 꿨는데 기요가 조릿대 잎으로 싼 사탕을 조릿대 이파리째 먹는 꿈을 꿨어. 내년 여름에는 돌아갈게. 오늘은 학교에 갔다 왔고, 동료 교사들의 별명을 지어봤어. 교장은 너구리, 교감은 빨간 셔츠, 영어 교사는 끝물 호박, 수학은 센바람, 미술은 아첨꾼. 조만간 소식 전할게. 안녕.

편지를 쓰고 나니 기분 좋아 졸음이 밀려왔다. 조금 전처럼 방 한가운데 편안하게 큰대자로 누워 잤다. 이번에는 아무런 꿈도 꾸지 않고 푹 잤다. "이 방이오?" 하는 큰 소리에 잠에서 깼더니 센바람이 들어왔다. "조금 전에는 실례했네. 자네가 담당할 일은……" 하며 내가 일어나자마자 본론을 꺼내 몹시 당황스러웠다. 내가 담당할 일을 들어보니 특별히 어려울 것도 없어서 승낙했다. 그만한 일이라면 모레가 아니라 당장 내일부터라도 할 수 있었다. 수업에 대한 상의가 끝나자 "자네 이런 여관에 계속 있을 생각은 아니겠지? 내가 좋은 하숙집을 주선해줄 테니 옮기게. 다른 사람은 몰라도 내가 말하면 방을 내줄 걸세. 빠를수록 좋으니 오늘 보고 내일 옮기도록 하세. 그리고 모레부터 학교에 나오면 딱 맞겠군" 하며 혼자 정해버렸다.

나 역시 다다미 15장짜리 방에 언제까지 있을 수는 없었다. 월급을 여관비로 다 써도 부족할 것이다. 팁을 5엔이나 주고서 바로 옮기는 것이 아깝기는 했지만 어차피 옮길 생각이라면 빨리 옮기고 자리를 잡는 편이 나을 것 같아 센바람에게 부탁하기로 했다. 센바람과 함께 집을 보러 갔다. 변두리 언덕 중턱에 있는 집으로 매우 한적했다. 주인은 골동품을 매매하는 이카긴이라는 남자이고 아내는 남편보다 네 살 정도 나이가 많았다. 중학교 때 배운 '위치(witch, 마녀)'라는 영어 단어가 있는데 이 여자는 완전히 위치와 닮았다. 마녀라고 해도 다른 사람의 아내이니 상관없다. 결국 내일 옮기기로 했다. 돌아가는 길에 센바람이 번화가에서 빙수를 사주었다. 학교에서 만났을 때는 매우 건방지고 무례한 놈이라고 여겼는데 이렇게 여러 가지로 신경 써주는 것을 보니 나쁜 사람은 아닌 듯했다. 다만 나처럼 성미가 급하고 짜증을 잘 냈다. 나중에 들은 바로는 이 남자가 학생들이 가장 좋아하는 선생님이라고 했다.

3

드디어 학교에 출근했다. 처음 교실에 들어가 교단에 섰을 때 뭔가 묘한 기분이었다. 수업을 하면서 나 같은 사람도 선생을 할 수 있을까 생각했다. 가끔 아이들이 "선생님" 하고 부르며 지나갈 때가 있다. 지금까지 물리 학교에서 매일 "선생님, 선생님" 하고 부르기는 했지만 "선생님" 하고 부르는 것과 불리는 것은 하늘과 땅 차이였다. 왠지 발바닥이 근질근질했다. 나는 비겁한 인간도 겁쟁이도 아니지만 배짱이 부족하다. "선생님" 하고 크게 부르는 소리가 배고플 때 마루노우치에서 정오를 알리는 대포 소리 같았다. 첫 시간은 그럭저럭 끝났다. 그다지 곤란한 질문도 없었다. 교무실로 돌아오니 센바람이 어땠느냐고 물었다. "뭐, 그냥"이라고 간단히 대답하자 센바람은 안심한 듯했다.

둘째 시간에 분필을 들고 교무실을 나설 때에는 왠지 적지로 쳐

들어가는 기분이었다. 교실로 들어가니 이 반은 전 시간 반보다 몸집이 커다란 녀석들뿐이었다. 나는 도쿄 토박이에 몸집이 작고 마른 편이어서 높은 곳에 올라서도 권위가 서지 않았다. 싸움이라면 씨름이라도 하겠는데 이런 커다란 녀석들을 40명이나 앞에 놓고 세 치 혀로 제압할 수완은 없었다. 하지만 이런 촌것들에게 약점을 잡히면 나쁜 선례가 될 테니 되도록 커다란 목소리로 힘차게 말했다. 처음에는 어리둥절하여 멍한 표정들이라 기세 좋게 말하였더니 맨 앞줄 한가운데 앉아 있던 가장 힘세 보이는 녀석이 갑자기 일어나서 "선생님" 하고 불렀다. 올 것이 왔는가 싶어 "뭐냐?" 하고 물었더니 "아따, 너무 빨라서 모르겄어라우. 조금 천천히 해주쇼, 잉" 하고 말했다. '조금 천천히 해주쇼, 잉'은 미적지근한 말투다. "너무 빠르면 천천히 말해주겠지만 나는 도쿄 토박이여서 여러분과 같은 말투는 사용할 수 없다. 모르겠다면 알 때까지 기다려라"라고 대답해주었다. 이 분위기로 2교시는 생각보다 잘 넘어갔다. 다만 수업이 끝나고 나가려는데 학생 한 명이 "이 문제 좀 풀어주쇼, 잉" 하며 어려운 기하 문제를 들이미는 바람에 진땀을 뺐다. 할 수 없이 "잘 모르겠으니 다음 시간에 가르쳐주겠다" 하고 서둘러 나오려는데 학생들이 와아 하고 소리를 질렀다. "못한당께, 못한당께" 하는 소리도 들려왔다. 짜증나는 놈들, 선생도 못 푸는 문제가 있는 법이다. 못 푸는 것을 못 푼다고 했을 뿐인데 뭐가 이상하단 말인가. 이런 문제를 척척 풀 수 있다면 누가 40엔 받고 이런 촌구석까지 오겠는가. 이런 생각을 하며 교무실로 돌아왔다. "이

번엔 어땠나?" 하고 또 센바람이 물었다. "뭐, 그냥"이라고 했지만 그것만으로 성이 차지 않아 "이 학교 학생들은 죄다 멍청이들이야"라고 덧붙였다. 센바람은 어리둥절한 표정을 지었다.

3교시도 4교시도 점심시간 후 5교시도 엇비슷했다. 첫날 들어간 모든 반에서 조금씩 실수를 했다. 선생 노릇은 보기보다 쉽지 않았다. 수업은 모두 끝났지만 아직 퇴근할 수 없었다. 3시까지 우두커니 기다려야 했다. 3시에 맡고 있는 반 학생이 교실 청소가 끝났다고 보고하러 오면 검사를 해야 한다는 것이다. 그 후 출석부를 한 차례 검사하고 나서야 겨우 틈이 생겼다. 아무리 월급을 준다지만 빈 시간까지 학교에 잡아두고 책상과 눈싸움을 시키다니. 그러나 다른 교사들도 얌전히 규칙대로 하는데 신참인 내가 불평할 수도 없고 그저 참고 있었다. 퇴근길에 사람을 3시까지 학교에 잡아두다니, 너무 한 것 아니냐고 센바람에게 불만을 토로했다. 센바람은 "맞는 말이네, 아하하하" 하고 웃었으나 나중에 진지한 얼굴로 "자네, 학교에 대해 불평해서는 안 되네. 하고 싶다면 나에게 하게. 학교에는 아주 이상한 사람들이 있거든" 하고 충고 비슷한 말을 했다. 우리는 모퉁이에서 헤어져야 했기에 자세한 것은 물어볼 겨를이 없었다.

집에 돌아오니 하숙집 주인이 "차를 준비할까요?"라고 물었다. 차를 준비한다기에 차를 대접해주는 줄 알았는데 내 차를 마음대로 우려내더니 자기가 마셨다. 아마 내가 없는 동안에도 "차를 준비할까요?"를 혼자 이행할지도 모르겠다. 하숙집 주인이 "저는 그림, 글씨, 골동품 등을 좋아하다가 결국 이런 장사를 시작하게 되었습니다. 선생님도 보아하니 꽤나 풍류를 즐기실 것 같은데 취미로 해보시지요?"라며 얼토당토않은 권유를 했다. 2년 전 어떤 사람의 심부름으로 제국 호텔에 갔을 때 열쇠 수리공으로 오해받은 적이 있었다. 망토를 걸치고 가마쿠라 대불(大佛)을 구경 갔을 때, 인력거꾼이 내게 나리라고 부른 일도 있었다. 지금까지 나를 잘못 본 사람은 많았지만 풍류객이라고 한 사람은 없었다. 대부분 행색을 보면 알 수 있다. 풍류객은 그림에서도 알 수 있듯이 두건을 쓰거나 단자쿠*를 들고 있다. 나 같은 사람을 풍류객이라고 말하다니, 보통내기가 아니다. 나는 느긋하게 은둔 생활을 하는 사람들이 즐길 법한 취미는 싫어한다고 했더니 하숙집 주인은 헤헤헤 웃으며 "처음부터 좋아하는 사람은 아무도 없어요. 일단 이 길로 빠지면 헤어나오기 힘들죠" 하고 차를 따르더니 기괴하게 손을 놀리며 차를 마셨다. 실은 어제저녁에 차를 사다 달라고 부탁해둔 것이다. 나는 쓰고 진한 차는 마시면 위에 무리가 갈 것 같으니 앞으로는 쓰지 않은 것을 사다 달라고 했다. 주인은 "알겠습니다" 하고는 또 한 잔을 따라 마셨다. 자기 것이 아니라고 마구 마셔대는 놈이다. 주인이 나간 후 내일 수업 준비를 하고 바로 잠들었다.

매일 학교에 나가 정해진 대로 일하고 돌아오면 주인이 "차를 준비할까요?" 하며 내 방으로 들어왔다. 일주일 정도 지나고 나니

* 일본 전통 시가인 '와카' 등을 적는 두껍고 긴 종이다.

학교 상황도 대강 파악되었고 하숙집 부부의 인품도 어느 정도 알 수 있었다. 선생으로 부임하고 일주일에서 한 달 사이에는 자신의 평판에 대해 꽤 신경이 쓰일 거라고 얘기했다. 하지만 나는 전혀 그렇지 않았다. 때때로 교실에서 실수할 때면 꺼림칙한 기분이 들지만 30분 정도 지나면 깨끗이 잊어버린다. 나는 무슨 일이든 오랫동안 걱정하고 싶어도 그렇게 안 되는 남자였다. 교실에서 일어난 실수가 학생들에게 어떤 영향을 주고 그 때문에 교장이나 교감이 어떤 반응을 보일지에 대해 전혀 아랑곳하지 않았다. 나는 앞에서도 말했듯이 배짱이 두둑한 남자는 아니지만, 단념은 몹시 빠른 인간이었다. 이 학교가 마음에 들지 않으면 즉시 다른 곳으로 갈 각오가 되었기 때문에 너구리도, 빨간 셔츠도 전혀 무섭지 않았다. 하물며 교실의 까까머리 녀석들에게 잘 보이고 싶은 마음은 눈곱만큼도 없었다.

학교생활은 그럭저럭 괜찮았지만 하숙집이 문제였다. 하숙집 주인이 차만 마시러 온다면 참을 수 있지만 여러 가지 물건을 가지고 왔다. 처음에는 도장을 파는 데 쓰는 재료를 열 가지 정도 늘어놓더니 “전부 3엔입니다. 싸니까 사세요”라고 했다. 시골을 떠돌아다니는 서툰 그림쟁이도 아니고, 내겐 필요 없다고 했더니 이번에는 가잔인지 뭔지 하는 남자가 그렸다는 화조(花鳥) 족자를 가져왔다. 그러더니 마음대로 도코노마에 걸어놓고서 “멋지지요” 라고 묻기에 “그런가요”라고 적당히 둘러댔다. 내 대답이 끝나자마자, “두 사람의 가잔이 있는데 한 사람은 ○○가잔이고 다른 한 사람은 △△가잔이죠. 이 족자는 ○○가잔의 작품입니다"라고 쓸데없는 설명을 덧붙이더니 "어떻습니까, 선생님에겐 15엔에 드리겠습니다. 사세요"라고 재촉했다. 돈이 없다고 거절하자 "돈은 아무 때나 주셔도 됩니다"라고 끝까지 물고 늘어졌다. 돈이 있어도 안 산다고 하며 쫓아버렸다. 그다음에는 도깨비 무늬가 있는 기왓장만 한 벼루를 짊어지고 왔다. "이건 단계(端溪)*입니다. 단계예요"라고 거듭 말하기에 궁금한듯 단계가 뭐냐고 물었더니 곧바로 설명이 이어졌다. "단계에는 상층, 중층, 하층이 있는데 지금 나온 것들은 모두 상층입니다만, 이것은 분명 중층입니다. 이 눈** 좀 보십시오. 눈이 세 개나 있습니다. 먹물 색도 무척 곱게 나옵니다. 한번 시험해보세요"라며 내 앞에 커다란 벼루를 들이댔다. 얼마냐고 물으니 벼루 주인이 중국에서 가져왔고, 꼭 팔고 싶다고 하니 싸게 30엔에 주겠다고 한다. 이 남자는 정말 바보다. 학교 근무는 어떻게든 해나갈 수 있는데 골동품을 들이대는 이 하숙집에서는 오래 있지 못할 것 같다.

그러는 사이에 학교도 싫어졌다. 어느 날 밤, 오마치라는 곳으로 산책을 갔는데 우체국 옆에 메밀국수라고 써놓고 아래에 '도쿄'라고 덧붙여놓은 간판이 있었다. 나는 메밀국수를 아주 좋아한다. 도쿄에 있을 때도 메밀국수 가게 앞을 지나가다 양념 냄새라도 맡으

---

* 중국 광둥성의 지명으로, 벼루를 만드는 데 좋은 돌이 산출되는 곳이며 그 돌로 만든 벼루도 단계라고 부른다.

** 벼루를 만드는 돌에 있는 둥근 반점이다.

면 결국 가게로 들어가곤 했다. 지금까지는 수학과 골동품 탓에 메밀국수를 잊고 있었는데 이렇게 간판을 보니 그냥 지나칠 수 없었다. '도쿄'라는 이름을 넣었으면 조금 더 깨끗하게 꾸밀 법도 한데 도쿄를 모르는지, 돈이 없는지 이루 말할 수 없이 더러웠다. 다다미는 색이 바랬고 모래가 있어 거칠거칠했다. 벽은 검게 그을려 있었다. 천장은 램프의 검은 연기로 그을려 있는 데다가 낮아서 목을 움츠려야 했다. 메밀국수의 종류와 가격을 적어놓은 차림표만 새것이었다. 오래된 가게를 사서 2, 3일 전에 개업한 것이 분명하다. 차림표 제일 처음에 덴푸라 메밀국수가 있어서 "덴푸라주세요" 하고 큰 소리로 주문했다. 그러자 그때까지 한쪽 구석에 앉아 후루룩 후루룩 먹고 있던 세 사람이 동시에 내 쪽을 쳐다보았다. 가게가 어두워서 잘 몰랐는데 얼굴을 보니 모두 내가 근무하는 학교의 학생들이었다. 학생들이 먼저 인사하기에 나도 인사를 했다. 그날 밤 오랜만에 먹은 탓인지 덴푸라 메밀국수를 네 그릇 해치웠다.

이튿날 아무 생각 없이 교실로 들어섰는데 커다란 글씨로 칠판에 '덴푸라 선생님'이라고 쓰여 있었다. 내 얼굴을 보고 모두 와아 하고 웃었다. 나는 어이가 없어서 "덴푸라를 먹은 것이 뭐가 그리 우습냐?" 하고 물었다. 그러자 한 학생이 "그렇지만 네 그릇은 너무 했어라우"라고 한다. 네 그릇을 먹든 다섯 그릇을 먹든 내 돈 내고 내가 먹는다는데 무슨 상관이란 말인가. 후다닥 수업을 끝내고 교무실로 돌아왔다. 10분 쉰 후 다음 교실로 들어가니 '한번에 덴푸라 네 그릇. 단, 웃지 말 것'이라고 칠판에 쓰여 있었다. 조금 전에는 별로 화나지 않았는데 이번에는 괘씸한 생각이 들었다. 농담도 도가 지나치면 안 된다. 떡을 지나치게 구워 태우면 잘 구웠다고 칭찬해줄 사람은 아무도 없다. 촌뜨기들은 적당한 선에서 그만두는 법을 모르니 갈 때까지 간다. 한 시간만 걸으면 더는 볼 것 없는 좁은 동네에 살면서 딱히 재미난 일이 없으니 덴푸라 사건을 러일 전쟁이라도 난 것처럼 떠들고 다녔다. 가엾은 녀석들이다. 어린 시절부터 이런 교육을 받으니 단풍나무 분재처럼 조숙하고 도량이 좁으며 간사한 인간이 되는 것이다. 악의가 없다면 함께 웃어도 되지만 이건 뭐란 말인가. 어린 주제에 별스럽게 독기를 품고 있다. 나는 묵묵히 덴푸라를 지우고 "이런 장난이 재미있나? 비겁한 농담이다. 너희들은 비겁하다는 의미를 알고 있는가?"라고 물었더니 한 녀석이 "본인이 한 일에 대해 웃었다고 화내는 것이 비겁한 것 아니당가"라고 대답했다. 얄미운 녀석이다. 멀리 도쿄에서 이런 녀석들을 가르치러 왔다고 생각하니 내 자신이 한심스러웠다. 나는 "공연한 억지 부리지 말고 공부해" 하며 수업을 시작했다. 다음 교실로 갔더니 '덴푸라를 먹으면 공연한 억지를 부리고 싶어진다'라고 쓰여 있었다. 꽤나 다루기 힘든 촌뜨기들이다. 너무 부아가 치밀어 "너희같이 건방진 녀석들은 못 가르치겠다!" 하고 성큼성큼 걸어서 교무실로 돌아갔다. 학생들은 공부하지 않아서 좋아했다고 한다. 이제 학교보다는 골동품 쪽이 더 낫다.

덴푸라 메밀국수 사건도 집으로 돌아와 하룻밤 자고 나니 치밀었던 화가 많이 누그러졌다. 학교에 나가보니 학생들도 나와 있었다. 뭐가 뭔지 모르겠다. 그 후 사흘 정도는 아무 일 없이 지나갔다. 나흘째 밤에 스미다라는 곳에서 경단을 먹었다. 이곳은 온천이 있는 마을로 하숙집에서 기차로 10분, 걸어가면 30분 걸린다. 요릿집, 온천 여관, 공원뿐 아니라 유곽도 있었다. 내가 들어간 경단 가게는 유곽으로 들어가는 입구에 있었는데, 맛 좋기로 평판이 자자한 곳이어서 온천에 갔다 돌아가는 길에 잠시 들렀다. 이번에는 학생들과 맞닥뜨리지 않았으니 아무도 모르겠지 싶었다. 다음 날 첫 수업 시간에 들어가니 '경단 두 접시, 7전'이라고 쓰여 있었다. 실제로 나는 두 접시 먹고 7전을 냈다. 참으로 성가신 놈들이다. 둘째 시간에도 분명 뭔가 있을 것이라 생각했는데 예상대로 '유곽의 경단은 맛있다, 맛있어'라고 쓰여 있었다. 어이가 없는 놈들이다.

경단 사건은 이걸로 끝났나 싶었는데 이번에는 빨간 수건이라는 소문이 났다. 무슨 소린가 했는데 시시한 소문이었다. 나는 이곳에 오고 나서 매일 스미다 온천에 다니고 있었다. 다른 곳은 도쿄의 발뒤꿈치에도 미치지 못하지만 온천만은 훌륭했다. 모처럼 왔으니 매일 다니자는 생각으로 저녁 먹기 전에 운동 삼아 다녔다. 온천에 갈 때면 꼭 커다란 서양식 수건을 손에 들고 갔다. 이 수건은 뜨거운 물에 젖으면 빨간 줄무늬 때문에 언뜻 보면 붉은색으로 보였다. 나는 온천을 오고갈 때뿐 아니라 기차에 탈 때도 걸을 때도 이 수건을 항상 손에 들고 다녔다. 그래서 학생들이 나를 "빨간 수건, 빨간 수건" 하고 부른다는 것이다. 좁은 동네에 살면 시끄러운 법이다.

사건은 또 있다. 온천은 새로 지은 3층 건물로 고급탕은 유카타도 빌려주고 때도 밀어주는데 8전이다. 게다가 여자가 차도 내준다. 나는 늘 고급탕에 들어갔다. 그러자 월급은 40엔 받으면서 매일 고급탕에 들어가는 것은 사치라고들 했다. 쓸데없는 참견이다. 이곳 욕조는 화강암을 쌓아 만들었는데 크기가 다다미 15장가량 된다. 보통 열서너 명이 몸을 담그고 있는데 가끔 아무도 없을 때가 있다. 물 깊이가 일어서면 가슴 정도 되기 때문에 운동 삼아 탕 속에서 헤엄치면 꽤 유쾌했다. 나는 사람이 없는 것을 확인하고 다다미 15장 넓이의 탕 속에서 헤엄치며 즐겼다. 어느 날 당당하게 3층에서 내려와 수영을 하려고 자쿠로구치*를 들여다보니 커다랗게 검은 글씨로 '탕 속에서 헤엄치지 말 것'이라고 써 붙여 있었다. 탕 속에서 헤엄치는 사람은 거의 없을 테니 이 팻말은 나를 위해 특별히 붙여놓았을 것이다. 나는 그 뒤부터 헤엄치는 것을 단념했다. 그런데 학교에 가보니 전처럼 칠판에 '탕 속에서 헤엄치지 말 것'이라고 쓰여 있어서 놀라 까무러칠 뻔했다. 왠지 모든 학생이 나의 일거수일투족을 감시하는 것처럼 느껴졌다. 기분이 우울했다. 학생들이 무슨 말을 하든 시작한 일을 그만둘 내가 아니지만 어쩌다 이렇게 숨이 턱턱 막히는 콧구멍만 한 동네에 오게 됐나 싶어 한심스러웠다. 하숙집으로 돌아오면 언제나처럼 골동품 강매가 시작되었다.

---

* 에도 시대 대중목욕탕에서 씻는 곳과 목욕통 사이의 출입구이다. 물이 식지 않도록 출입구 위쪽은 막혀 있고 아래쪽은 뚫려 있어서 엎드려서 드나들어야 한다.

4

학교에는 숙직 제도가 있어서 선생들이 번갈아가며 숙직을 한다. 단, 너구리와 빨간 셔츠는 예외다. 왜 이 두 사람만 당연한 의무에서 빠졌는지 물어보았더니 주임 대우*이기 때문이라고 한다. 너무한 것 아닌가. 월급은 많이 받고 일하는 시간은 적고 게다가 숙직까지 안 하다니 불공평하기 짝이 없다. 자기 좋을 대로 규칙을 만들어놓고 당연하다는 듯한 얼굴이다. 정말 뻔뻔스럽다. 이에 대해 참으로 불만스러웠지만 센바람은 혼자서 아무리 불평해봤자 통하지 않는다고 했다. 혼자든 둘이든 올바른 것이라면 통해야 하지 않는가. 센바람은 'might is right'이라는 영어 문구를 인용하여 설명했지만 무슨 말인지 몰라서 되물었더니 강자의 권리를 의

---

* 주임관은 아니지만 그와 동일한 대우를 받는다. 주임관은 당시에 총리대신의 추천으로 임명되었다.

미한다고 했다. 강자의 권리는 예전부터 알고 있었다. 지금에 와서 센바람의 설명을 다시 들을 필요는 없었다. 강자의 권리와 숙직은 별개의 문제다. 너구리와 빨간 셔츠가 강자라고 누가 인정한단 말인가.

논쟁은 논쟁일 뿐 마침내 내게도 숙직할 차례가 돌아왔다. 나는 좀 예민한 편이어서 베개와 이불은 내 것이 아니면 자고 나도 개운하지가 않다. 때문에 어린 시절부터 친구 집에서 잠을 잔 적이 거의 없다. 친구 집도 싫은데 학교 숙직은 말할 것도 없다. 그러나 월급 40엔에 포함된 것이라면 반발할 수도 없다. 참고 하는 수밖에.

교사도 학생도 모두 집으로 돌아가고 혼자 멍하게 있으려니 바보 같은 생각이 들었다. 숙직실은 교실 뒤에 있는 서쪽 끝에 있는 방이다. 잠깐 들어가보니 석양이 정면으로 비쳐 견디기 어려웠다. 시골이라 가을이 되어도 여전히 더웠다. 저녁은 학생들이 먹는 기숙사 밥으로 때웠다. 식사는 정말 형편없었다. 학생들은 이런 밥을 먹으면서도 잘도 까불었구나. 더구나 저녁밥은 4시 반 정도에 먹어버리니 호걸이 아닐 수 없다. 밥은 먹었지만 아직 어두워지지 않아 잘 수도 없었다. 온천에 가고 싶었다. 숙직하면서 외출해도 되는지 모르겠지만 이렇게 멍하니 있으니 금고형이라도 당하는 것 같아 견딜 수 없었다. 처음 학교를 찾아갔던 날 당직 선생님을 찾으니 사환이 잠깐 외출했다고 했을 때는 이상했는데 이제야 알겠다. 나가는 게 맞다. 사환에게 잠시 나갔다 오겠다고 했더니 "무슨 볼일이라도 있으세요?"라고 물었다. 나는 볼일이 있는 것이 아니라 온천에 간다고 대답하고는 재빨리 나왔다. 아쉽게도 빨간 수건을 하숙집에 놓고 와서 오늘은 온천에서 빌려야 했다.

느긋하게 탕에 들어갔다 나왔다 하는 사이에 해가 지고 있었다. 나는 기차를 타고 후루마치 정류장에서 내렸다. 학교까지는 한참 더 가야 했다. 천천히 걷고 있는데 앞에서 너구리가 다가오고 있었다. 너구리도 내가 내린 기차를 타고 온천에 가는 모양이었다. 너구리가 성큼성큼 걸으며 내 옆을 지나가기에 나는 가볍게 인사를 했다. 그러자 너구리가 "선생은 오늘 숙직 아니신가요?" 하고 진지하게 물었다. '숙직이 아니시오?'라니 불과 두 시간 전에 나에게 "오늘 첫 숙직이군. 수고하게"라고 말하지 않았던가. 교장은 아주 능청스러웠다. 나는 화가 나서 "네, 숙직입니다. 숙직이니 지금 돌아가서 자겠습니다"라는 말을 내뱉고 그 자리를 떠났다.

가타마치 사거리에 이르자 이번에는 센바람과 마주쳤다. 참으로 좁은 동네다. 나와서 걷기만 하면 반드시 누군가를 만난다. "아니, 자네는 숙직이 아닌가?"라고 묻기에 "숙직이네"라고 대답했더니 "숙직인데 나와서 돌아다니면 문제가 될 수 있네"라고 한다. "문제 될 게 뭐 있나" 하고 당당하게 말했다. "자네의 생각 없는 행동도 문제지만 교장이나 교감을 만나면 귀찮아지네"라며 센바람과는 어울리지 않는 말을 했다. 나는 "교장을 지금 막 만났네. 더울 때는 산책이라도 하지 않으면 숙직하기도 힘들 거라며 산책하는 걸 칭찬하더군" 하는 말을 남기고 귀찮아질 것 같아 서둘러 학교로 돌아왔다.

바로 해가 졌다. 해가 지고 나서 사환을 숙직실로 불러 두 시간 정도 이야기를 나누었으나 그것도 따분했다. 하는 수 없이 졸리지 않아도 잠자리에 들기 위해 잠옷으로 갈아입고 모기장을 쳤다. 빨간 담요를 젖히고 엉덩방아를 쿵 하고 찧으며 뒤로 벌렁 누웠다. 누울 때 쿵 하고 엉덩방아 찧기는 어릴 때부터의 버릇이다. 이 때문에 오가와마치의 하숙집에 있을 때, 아래층에 살던 법률 학교 학생이 불만을 터뜨렸다. 법률 학교 학생은 왜소해 보여도 말은 잘해서 내 버릇에 대해 일장 연설을 늘어놓았다. 이에 내가 잘 때 쿵 소리를 내는 것은 내 엉덩이 탓이 아니라 하숙집이 부실하게 지어졌기 때문이니 불만은 하숙집 주인에게 하라고 되받아쳤다. 학생은 아무 말도 못했다. 이 숙직실은 2층이 아니라서 아무리 쿵 하고 벌러덩 누워도 상관없었다. 기세 좋게 눕지 않으면 잠을 잔 것 같지 않았다. "아아, 잘 잤다" 하며 다리를 쭉 펴는데 뭔가가 양다리로 달려들었다. 소스라치게 놀라 이불 속에서 다리를 두세 번 흔들어보았다. 그러자 벼룩은 아닌 듯한 꺼슬꺼슬한 것이 정강이에 대여섯 마리, 허벅지에 두세 마리, 엉덩이로 눌러 죽인 게 한 마리, 배꼽 밑까지 올라온 것이 한 마리 점점 늘어났다. 바로 일어나 이불을 획 뒤집어보니 이불 속에서 메뚜기 50~60마리가 튀어나왔다. 정체를 몰랐을 때는 다소 섬뜩했는데 메뚜기라는 것을 알고 나니 갑자기 부아가 치밀었다. 메뚜기 주제에 사람을 놀라게 하다니 나는 곧장 베개를 집어 들고 두세 번 내리쳤다. 그러나 상대는 너무 작은 메뚜기여서 세차게 내리쳐봤자 얻는 것이 없었다. 할 수 없이 다시 이불 위에 앉아 대청소를 할 때 돗자리를 말아 다다미를 내리치듯이 주변을 정신없이 내리쳤다. 메뚜기는 베개로 내리칠 때마다 튀어올라 내 어깨, 머리, 콧등에 달라붙거나 부딪혔다. 얼굴에 붙은 놈은 베개로 내리칠 수도 없어서 손으로 잡아 힘껏 내던졌다. 아무리 힘을 다해 패대기쳐도 부딪힌 곳이 모기장이니 효과가 없었다. 메뚜기는 모기장에 매달려 있었다. 30분 만에 가까스로 메뚜기를 퇴치하고 빗자루를 가져와 메뚜기 시체를 쓸어냈다. 사환이 와서 "무슨 일이세요?" 하고 물었다. "무슨 일이냐고? 메뚜기를 이불 속에서 키우다니, 얼빠진 놈" 하고 꾸짖었더니 "저는 모르는 일이에요"라고 변명했다. "모르는 일이라고 끝날 일이 아니야" 하고 빗자루를 툇마루에 내던졌더니 사환은 조심조심 빗자루를 들고 돌아갔다.

나는 즉시 기숙생 세 명을 대표로 불렀다. 그러자 여섯 명이 왔다. 여섯 명이든 열 명이든 상관없었다. 잠옷의 소매를 걷어붙이고 따져 물었다.

"어째서 메뚜기를 내 이불 속에 넣었나?"

"메뚜기가 뭐당가."

맨 앞에 있던 한 녀석이 말했다. 매우 침착한 모습이었다. 이 학교는 교장뿐 아니라 학생들까지 능청스러웠다.

"메뚜기를 모른단 말이냐. 모른다면 보여주지."

하지만 공교롭게 전부 쓸어버려서 한 마리도 없었다. 다시 사환을 불러서 "조금 전 내다버린 메뚜기를 가져와" 하니 "이미 쓰레

기장에 버렸는데 주워올까요?"라고 물었다. "그래, 빨리 주워와" 하자 사환은 서둘러 달려갔다. 이윽고 종이 위에 열 마리 정도를 가지고 와서 "깜깜한 밤이라 이것밖에는 못 찾았어요. 내일 더 주워올게요"라고 한다. 사환까지 바보다.

나는 메뚜기 한 마리를 학생들에게 보여주며 "이것이 메뚜기다. 덩치는 큰 놈들이 메뚜기를 모른다니 말이 되나"라고 하자, 제일 왼쪽에 있던 얼굴이 둥그런 녀석이 "아따, 그건 방아깨비여라우" 하며 건방지게 군다. "멍청한 놈, 메뚜기나 방아깨비나 비슷한 것이다. 그보다 선생님 앞에서 말버릇이 그게 뭐냐"라고 반격했다.

"메뚜기든 방아깨비든 왜 내 이불 속에 넣었나? 내가 언제 메뚜기를 넣어달라고 했나?"

"아무도 안 넣었어라우."

"넣지도 않았는데 어째서 이불 속에 있단 말이냐?"

"방아깨비는 따순 데를 좋아한당께요. 그랑께 지들이 알아서 들어갔을 것이요."

"바보 같은 소리. 메뚜기가 알아서 들어가다니 말이 된다고 생각하나? 자, 왜 이런 장난을 쳤는지 말해라."

"말하라고 하셔도 넣지 않은 것을 어떻게 넣었다고 하냐고요."

비겁한 놈들, 자기가 한 일도 말하지 못할 거면 애당초 하지 말았어야지. 증거가 없다며 시치미를 떼고 뻔뻔스럽게 나오다니……. 나도 중학교 시절 장난 꽤나 쳤다. 그러나 누가 그랬냐고 했을 때는 꽁무니를 빼는 비겁한 짓은 단 한 번도 하지 않았다. 한 것은 한 것이고 하지 않은 것은 하지 않은 것이다. 나는 아무리 장난을 쳐도 결백했다. 거짓말로 벌을 피한다면 처음부터 장난 따위는 치지 않을 것이다. 장난과 벌은 함께 간다. 벌이 있어서 장난도 기분 좋게 칠 수 있는 것이다. 장난만 치고 벌은 피한다는 건 야비한 근성이다. 돈을 빌리고 갚지 않는 것은 이런 놈들이 졸업해 하는 짓이다. 대체 중학교에 뭘 하러 왔단 말인가. 학교에 들어와 거짓말을 하고 속이고 뒤에서 은밀히 못된 장난이나 치다가 졸업하면 그것으로 교육받았다고 착각할 것이다. 상대할 가치도 없다.

나는 이런 비겁한 녀석들과 옳고 그름을 논한다는 것이 몹시 불쾌해서 "더는 묻지 않겠다. 중학교에 들어와서 품위가 있는 것과 없는 것도 구별하지 못하다니 가엾구나"라고 말한 뒤 돌려보냈다. 나는 내 말투나 행동에 품위는 없어도 마음만은 이 녀석들보다 훨씬 품위가 있다고 생각했다. 여섯 명은 유유히 돌아갔다. 겉보기에는 교사인 나보다 이 녀석들이 더 대단해 보인다. 나는 녀석들의 침착한 행동이 더 불쾌했다. 나에게 이만한 배짱은 없다.

잠시 후 다시 이불 속에 들어가 누웠더니 조금 전의 소동으로 모기장 속에서 잉잉 소리가 났다. 촛불을 켜고 한 마리씩 태워 죽이는 것도 귀찮아 모기장 손잡이를 떼어내어 길게 접어서 방 안에서 좌우 열십자로 털어내는 동안 손잡이에 손등을 세게 맞았다. 다시 이불 속으로 들어가니 조용했지만 좀처럼 잠이 오지 않았다. 시계를 보니 밤 10시 반이었다. 성가신 곳에 왔다고 생각했다. 중학교 선생이라는 것이 어디를 가나 저런 아이들을 상대해야 한다면 가

얇기 짝이 없다. 그럼에도 선생을 하겠다는 사람이 적지 않다. 인내심이 매우 강한 벽창호들만이 선생이 될 것이다. 나는 그런 인내심이 부족하다. 이런 생각을 하니 기요가 존경스럽다. 교육도 받지 않았고 내세울 신분도 없는 할멈이지만 인간으로서 대단히 존귀하다. 지금까지 신세를 졌으면서도 고맙다는 생각을 못했는데 혼자 먼 곳에 오고 나서야 비로소 그 친절함을 깨달았다. 에치고의 조릿대 잎으로 싼 사탕이 먹고 싶다던 기요를 위해 일부러 에치고까지 가서 사다 줄 가치는 충분하다. 기요는 내가 욕심이 없고 정직하다고 칭찬했지만 칭찬받는 나보다 칭찬하는 기요가 더 훌륭하다. 기요가 보고 싶었다.

기요를 생각하는 동안 갑자기 천장에서 30~40명이 쿵쿵 박자를 맞추며 마룻바닥을 발로 구르는 소리가 들렸다. 잠시 후 발소리만큼 커다란 함성이 울렸다. 나는 무슨 일인가 싶어 벌떡 일어났다. 그 순간 '아하, 조금 전 꾸짖음에 대한 앙갚음을 하려는 것이로군' 하고 깨달았다. 자신이 저지른 나쁜 짓에 대해 잘못을 스스로 인정하기 전에는 그 죄가 사라지지 않는 법이다. 아마도 자신들이 잘 알고 있을 것이다. 그렇다면 잘못을 뉘우치고 이튿날 아침에라도 사과하러 와야 한다. 아니, 사과까지는 아니더라도 미안한 마음으로 조용히 있어야 한다. 그런데 지금 이 소동은 뭐란 말인가. 기숙사에서 돼지를 키우는 것도 아니고 적당히 좀 하지. 어떻게 하는지 보려고 잠옷을 입은 채 숙직실을 뛰쳐나가 세 걸음 반 만에 계단을 뛰어올라 2층까지 갔다. 그런데 신기하게도 지금까지 머리

위에서 쿵쾅쿵쾅 날뛰던 소리가 갑자기 조용해지더니 사람 소리는커녕 발소리도 들리지 않았다. 참으로 묘했다. 램프는 꺼져 있어서 어디에 뭐가 있는지 볼 수 없었으나 인기척은 알 수 있었다. 동쪽에서 서쪽으로 길게 이어진 복도에는 쥐새끼 한 마리 숨어 있지 않았다. 복도 끝은 달빛이 스며들어 유난히 밝았다.

뭔가 이상했다. 나는 어린 시절에 자주 꿈을 꾸었는데 자다가 일어나 잠꼬대를 하는 바람에 놀림을 받곤 했다. 열예닐곱 살 때 다이아몬드를 줍는 꿈을 꾸고서 벌떡 일어나 옆에 있던 형에게 "지금 가지고 있던 다이아몬드 어떻게 했어?"라고 기세 좋게 물었다. 그 때문에 사흘 정도 집안의 웃음거리가 되어 난처했다. 어쩌면 지금 내가 들은 소란스러운 소리도 꿈일지 모른다. 그때 달빛이 비치는 건너편 복도 끝에서 하나, 둘, 셋 하는 30~40명의 목소리가 일제히 울리더니 박자를 맞춰 마룻바닥을 힘껏 굴러 쿵쿵 소리를 냈다.

역시 꿈이 아니었다. "조용히 해라. 한밤중이다" 하고 녀석들의 발소리 못지않게 크게 소리치며 복도 끝을 향해 달렸다. 복도는 매우 어두웠다. 오직 복도 끝에 비치는 달빛이 목표였다. 내가 몇 걸음 달렸을 때 복도 중간에서 커다랗고 딱딱한 물체에 정강이를 부딪혔는데 아프다고 느끼기도 전에 몸이 쿵 하고 앞으로 고꾸라졌다. "이런 젠장" 하며 일어났지만 달릴 수가 없었다. 마음은 급했지만 다리가 말을 듣지 않았다. 아픔을 참고 깽깽이걸음으로 갔더니 이미 발소리도 사람 소리도 모두 그친 채 조용했다.

아무리 사람이 비겁하다고 하지만 이렇게 비겁할 수 있는가. 그야말로 돼지다. 이렇게까지 되었으니 숨어 있는 녀석들을 끌어내서 사과를 받을 때까지 물러서지 않겠다고 마음먹었다. 먼저 침실 하나를 열어 안을 살피려 했으나 열리지 않는다. 자물쇠로 잠가놓았는지 책상을 쌓아 세워놓았는지 아무리 밀어도 꿈쩍하지 않는다. 이번에는 맞은편 북쪽 방문을 열어보았다. 역시 열리지 않았다. 내가 문을 열어 안에 있는 녀석들을 잡으려고 안달하고 있는데 또 동쪽 끝에서 함성과 발 구르는 소리가 들렸다. '이놈들이 서로 짜고 양쪽에서 나를 놀릴 생각이로구나' 하고 짐작하면서도 어찌해야 좋을지 몰랐다. 솔직히 고백하면 나는 용기는 있지만 지혜가 부족하다. 이럴 때 어떻게 해야 할지 모르겠다. 그렇다 해도 결코 물러날 생각은 없었다. 이대로 두면 내 체면은 말이 아니게 된다. 도쿄 토박이가 기개가 없다는 소리를 들어서는 곤란하다. 숙직을 하다가 코흘리개 녀석들에게 놀림을 당하고도 어떻게 해야 할지 몰라 울며 겨자 먹기로 물러났다고 소문이 나면 평생의 수치다. 이래 봬도 우리 조상은 하타모토*다. 하타모토의 시조는 세이와겐지(清和源氏)**로 다다노 만주***의 후예다. 흙이나 파먹는 무지렁이들과는 근본이 다르다. 다만 지혜가 없는 것이 안타까울 뿐이다. 어떻게 해야 할지 몰라 곤란할 뿐이다. 곤란하다고 승부를 포기할 수는 없다. 정직하니까 어떻게 해야 할지 모르는 것이다. 이 세상

---

* 에도 시대에 쇼군 직속으로 만 석 이하의 녹봉을 받던 무사다.

** 세이와 천황의 자손으로 미나모토(源)라는 성을 하사받았다.

*** 헤이안 시대 중기의 진수부 장군으로 세이와겐지의 기반을 만들었다.

에 정직을 이길 수 있는 것이 있는가. 생각해보라. 오늘 밤 안으로 이기지 못하면 내일 이기면 된다. 내일 이기지 못하면 모레 이기면 된다. 모레 이기지 못하면 하숙집에서 도시락을 가져오게 해서라도 이길 때까지 여기에 있을 것이다.

이러한 결심으로 나는 복도 한가운데 책상다리를 하고 날이 밝기를 기다렸다. 모기가 윙윙거렸지만 아무렇지 않았다. 조금 전에 부딪힌 정강이를 만져보니 끈적거린다. 피가 나는 것이리라. 피 따위는 아무것도 아니다. 잠시 후 서서히 쌓인 피로가 몰려와 그만 꾸벅꾸벅 졸고 말았다. 소란스러운 소리에 잠이 깼을 때, 눈앞에 벌어진 광경에 놀라 벌떡 일어났다. 내가 앉아 있던 오른쪽 문이 반쯤 열려 있고 학생 두 명이 내 앞에 서 있었다. 나는 정신을 차리자마자 내 앞에 있는 학생의 다리를 힘껏 잡은 다음 있는 힘을 다해 잡아당겼다. 그랬더니 녀석은 뒤로 벌러덩 나자빠졌다. 꼴좋다. 남은 한 녀석이 잠시 당황해하자 그 틈에 달려들어 어깨를 잡고 두세 번 흔들었더니 어리둥절한 듯 눈만 깜박거렸다. “자, 내 방으로 와” 하고 잡아끌자 겁쟁이처럼 두 말 없이 따라왔다. 날은 벌써 밝았다.

내가 숙직실로 끌고 온 녀석에게 따져 묻기 시작하자 돼지는 발로 차도, 두들겨 패도 돼지인 것처럼 오직 “모르는 일인디”로 일관하며 결코 자백하지 않았다. 그러는 사이에 한 녀석이 오고 두 녀석이 오더니 점점 많은 학생이 숙직실로 모여들었다. 모두 졸린 듯 눈꺼풀이 부어 있었다. 치사한 놈들이다. 하룻밤 정도 자지 않았다고 그런 얼굴을 하다니, 남자답지 못하다. "세수라도 하고 다시 이야기하자" 했지만 아무도 세수하러 가지 않았다.

50여 명을 상대로 한 시간 정도 입씨름을 하고 있는데 느닷없이 너구리가 나타났다. 나중에 듣기로 사환이 학교에 소동이 일어났다고 일부러 알렸다는 것이다. 이 정도의 일로 교장을 부르다니 소심해도 너무 소심하다. 그러니 중학교 사환이나 하고 있지.

교장은 한 차례 내 설명을 듣고 학생들의 변명도 잠시 들었다. "나중에 처분을 내릴 때까지 지금처럼 학교에 나오면 된다. 자, 빨리 세수하고 아침 식사부터 하도록. 지각하니 빨리빨리 움직여" 하며 학생들을 모두 보냈다.

너무 관대한 조치다. 나 같으면 그 자리에서 학생들 모두에게 퇴학 처분을 내렸을 것이다. 이처럼 미적지근하게 대응하니 학생들이 교사를 우습게 아는 것이다. 게다가 나에게 "선생도 밤새 시달려 피곤할 테니 오늘은 수업을 하지 않아도 됩니다"라고 하기에 이렇게 대답했다. "아니오, 조금도 피곤하지 않습니다. 이런 일이 매일 밤 계속된다 해도 목숨이 붙어 있는 한 상관없습니다. 수업은 하겠습니다. 하룻밤 못 잤다고 수업을 못한다면 받은 월급을 학교에 반납해야 하지 않겠습니까." 교장은 무슨 생각을 하는지 한동안 내 얼굴을 바라보더니 "그런데 얼굴이 상당히 부었소"라고 말했다. 그러고 보니 다소 무거운 느낌이었다. 게다가 얼굴은 온통 가려웠다. 모기에게 엄청 뜯긴 것이다. 나는 얼굴을 벅벅 긁으며 "얼굴이 아무리 부었어도 말은 할 수 있으니 수업하는 데 지장은 없을 것입니다"라고 대답했다. 교장은 웃으며 "힘이 넘치는군" 하고 칭찬했다. 사실은 칭찬이 아니라 비웃은 것이리라.

5

"낚시하러 가지 않겠어요?" 하고 빨간 셔츠가 나에게 물었다. 빨간 셔츠는 왠지 기분 나쁠 정도로 부드러운 목소리여서 남자인지 여자인지 구별이 되지 않는다. 남자라면 남자다운 목소리를 내야 한다. 게다가 대학 출신이 아닌가. 물리 학교 출신인 나 같은 사람도 남자답게 말하는데 문학사가 그래서야 되겠는가. 한심할 따름이다.

나는 "글쎄요" 하며 조금 내키지 않은 듯 대답했더니 "선생님은 낚시해본 적 있어요?" 하고 무례한 질문을 한다. 많지는 않지만 어린 시절 고우메에 있는 유료 낚시터에서 붕어를 세 마리 낚은 적이 있다. 그리고 가구라자카 비사문*을 참배하는 날에 25센티미터

* 복덕을 내리는 복신의 하나다.

정도의 잉어를 낚아 "됐다!" 싶었는데 그만 놓쳐버렸다. 지금 생각해도 아깝다고 했더니 빨간 셔츠가 턱을 들고 호호호 웃었다. 굳이 거드름을 피우며 웃지 않아도 될 텐데. "그렇다면 아직 낚시 맛을 모른다는 말이군요. 원한다면 가르쳐드릴게요" 하고 의기양양하게 말했다. 누가 가르침을 받겠다고 했나.

대개 낚시나 사냥을 하는 사람들은 모두 인정머리가 없는 사람들뿐이다. 인정머리가 없으니 살생을 즐긴다. 물고기든 새든 살고 싶지 죽고 싶지 않을 것이다. 낚시나 사냥을 하지 않으면 생계에 어려움을 겪는 사람들을 제외하고 뭐 하나 부족함 없이 지내면서 살아 있는 것을 죽이지 않고는 배기지 못한다는 것은 사치스러운 이야기다. 물론 생각만 했을 뿐이다. 상대는 문학사인 만큼 말로는 당하지 못할 것 같아 아무 말도 하지 않았다. 그러자 나에게 이겼다고 생각했는지 "바로 전수해드리죠. 시간 괜찮으면 오늘 어때요? 같이 갑시다. 요시카와 군이랑 둘만 있으면 너무 쓸쓸해요. 오세요" 하고 계속 권했다.

요시카와 군은 아첨꾼 미술 선생이다. 이 아첨꾼은 무슨 생각에서인지 빨간 셔츠의 집을 아침저녁으로 드나들고 어디든지 함께 간다. 동등한 관계가 아니라 주종 관계 같다. 빨간 셔츠가 가는 곳에 아첨꾼이 있는 것은 새삼스러운 일도 아니고, 두 사람만 가면 될 텐데 어째서 무뚝뚝한 나를 데려가려 하는 것일까? 아마 거만한 낚시꾼으로 자신이 고기 낚는 모습을 자랑하고 싶어 데려가려는 것이 틀림없다. 그런 자랑을 받아줄 내가 아니다. 참치를 두세 마리 낚는다 해도 꿈쩍하지 않을 것이다. 나 역시 인간이다. 아무리 서툴다 해도 낚싯줄을 늘어뜨리고 있으면 뭔가 걸릴 것이다. 여기서 내가 가지 않겠다고 하면 빨간 셔츠는 낚시가 싫어서 안 가는 것이 아니라 서툴러서 안 가는 것이라고 의심할 것이 뻔했다. 결국 나는 가겠다고 대답했다.

학교를 마친 후 일단 하숙집으로 돌아가 준비를 한 후 정류장에서 빨간 셔츠와 아첨꾼을 만나 바닷가로 갔다. 뱃사공은 한 명이고 배는 좁고 길었는데 도쿄 근처에서는 한 번도 본 적 없는 모양이었다. 조금 전부터 배 안을 아무리 둘러봐도 낚싯대가 하나도 보이지 않았다. 낚싯대 없이 낚시를 할 수 있는 것도 아닐 테고, 어떻게 잡는지 아첨꾼에게 물으니 "앞바다에서 하는 낚시는 낚싯대가 필요 없어요. 줄만으로 합니다"라고 턱을 쓰다듬으며 전문가인 양 말했다. 이렇게 잘난 척할 줄 알았으면 물어보지 말 걸 그랬다.

뱃사공은 천천히 노를 젓고 있었지만 숙련된 솜씨 덕에 돌아보니 바닷가가 아주 작아 보일 만큼 멀리 나왔다. 고우하쿠사의 5층탑이 숲 위에 바늘처럼 삐죽 나와 있었다. 앞쪽을 보니 푸른 섬이 떠 있었다. 사람이 살지 않는 섬이라고 했다. 잘 보니 돌과 소나무뿐이다. 돌과 소나무밖에 없다면 사람이 살 수 없을 것이다.

빨간 셔츠는 연신 주위를 둘러보며 "경치가 좋군요"라고 말하자, 아첨꾼은 "절경입니다"라고 맞장구를 쳤다. 절경인지는 모르겠지만 기분은 좋았다. 넓게 탁 트인 바다 위에서 바닷바람을 맞는 것은 기분 좋은 일이었다. 괜스레 배가 고팠다. "저 소나무를 보게. 줄기가 곧고 윗부분이 우산 모양으로 펼쳐진 것이 터너*의 그림 같군" 하고 빨간 셔츠가 말하자, 아첨꾼이 "그야말로 터너군요. 저렇게 굴곡진 형상이 터너랑 똑같네요" 하고 우쭐거리며 말했다. 나는 터너가 누군지 몰라도 문제될 게 없으니 가만히 있었다. 배가 섬을 끼고 오른쪽으로 돌았다. 파도가 전혀 일지 않았다. 바다라고 느껴지지 않을 정도로 잔잔했다. 빨간 셔츠 덕분에 무척 유쾌했다. 저 섬에 올라가보고 싶다는 생각에 "저 바위가 있는 곳에 배를 댈 수 있나요?" 하고 물어보았다. "댈 수는 있지만 낚시를 하는데 벼랑은 좋지 못해요"라고 빨간 셔츠가 대답했다. 나는 아무 말도 하지 않았다. 그러자 아첨꾼이 "교감 선생님, 지금부터 저 섬을 터너섬이라고 이름 붙이면 어떨까요?" 하며 쓸데없는 제안을 했다. 빨간 셔츠는 "그것 참 재미있는 생각이군. 앞으로 우리는 그렇게 부릅시다" 하고 동조했다. 이 '우리' 속에 내가 끼어 있다면 불쾌했을 것이다. 나는 푸른 섬으로 충분했다. "저 바위 위에 라파엘로의 마돈나**를 세워두면 어떨까요? 멋진 그림이 될 거예요" 하고 아첨꾼이 말하자, "마돈나 얘기는 그만두게. 호호호" 하고 빨간 셔츠가 웃었다. 왠지 기분이 나빴다. "아무도 없으니 괜찮아요" 하고 잠시 내 쪽을 보더니, 일부러 외면한 채 능글맞게 웃었다.

나는 왠지 기분이 나빴다. 마돈나든 머돈나든 내가 상관할 바 아

---

* 영국의 풍경 화가다.

** 여성을 높여 부르는 말로 성모 마리아를 지칭하는 한편 많은 남성이 동경하는 여성을 가리킨다.

니니 마음대로 바위에 세워두면 될 테지만, 상대가 모르는 말을 하면서, 모른다고 듣든 말든 상관없다는 식의 태도는 품위 없는 짓이다. 그러면서 본인은 "도쿄 토박이입니다"라고 한다. 마돈나는 빨간 셔츠의 단골 게이샤* 별명일 것이다. 단골 게이샤를 무인도의 소나무 아래 세워두고 바라본다니 어이가 없다. 그걸 아첨꾼이 유화로 그려 전람회에 출품하면 볼만하겠군.

이곳이 좋겠다며 뱃사공이 배를 멈추고 닻을 내렸다. "수심이 얼마나 되겠나?" 하고 빨간 셔츠가 묻자 10미터 정도라고 했다. "10미터라면 도미는 어렵겠는걸" 하더니 빨간 셔츠는 줄을 바다에 던졌다. 커다란 도미라도 낚을 모양이다. 아첨꾼은 "교감 선생님이라면 잡으실 수 있을 거예요. 게다가 바다도 잔잔하잖아요" 하고 아첨을 늘어놓으며 그도 줄을 풀어 던졌다. 줄 끝에 납으로 된 추가 매달렸을 뿐 찌가 없었다. 찌 없이 낚시를 하는 것은 온도계 없이 온도를 측정하는 것과 같다. 나는 도저히 못할 것 같아 지켜보고 있는데 "자, 선생도 해보세요. 줄은 있어요?" 하고 묻는다. "줄은 남을 만큼 있습니다만 찌가 없습니다"라고 했더니 "찌가 없어서 낚시를 못한다는 건 초보자들이 하는 말이에요. 이렇게 줄이 물 밑바닥에 닿기 전에 뱃전에서 검지로 헤아릴 때 먹이를 물면 즉시 손에 느낌이 와요. 앗, 왔다" 하고 전문가처럼 줄을 당기기에 뭐가 걸렸나 했는데 아무것도 걸리지 않고 미끼만 없어졌다. 쌤

* 춤과 노래, 샤미센 연주 등으로 술자리의 흥을 돋우는 것을 업으로 하는 여성이다.

통이다. "교감 선생님, 안타깝네요. 분명 큰 놈 같았는데…… 교감 선생님 솜씨로도 놓칠 정도니 오늘은 방심하면 안 되겠는데요. 그래도 놓치는 것이 찌와 눈싸움하고 있는 사람보다는 낫지요. 브레이크 없이는 자전거를 탈 수 없다는 것과 마찬가지죠" 하고 아첨꾼이 묘한 소리만 지껄였다. 나는 한 방 먹여버릴까 생각했다. 나도 인간이다. 교감 혼자 빌린 바다도 아니고, 넓은 곳인데 가다랑어 한 마리 정도는 걸리겠지 하는 생각으로 추가 달린 줄을 바다에 던지고 손가락 끝으로 조절했다.

잠시 후 뭔가 줄을 건드렸다. 나는 '물고기가 틀림없다'고 생각했다. 살아 있는 것이 아니라면 이렇게 줄이 움직일 리가 없다. '됐다, 낚았다' 하고 힘껏 양손을 번갈아 움직이며 끌어당겼다. "오, 낚았군요. 후생가외(後生可畏)*라더니" 하고 아첨꾼이 야유하는 동안 줄은 거의 올라와 1.5미터 정도만 물에 잠겨 있었다. 뱃전에서 물속을 들여다보니 금붕어 같은 줄무늬가 있는 물고기가 줄에 매달려 좌우로 움직이며 끌려왔다. 꽤 흥미로웠다. 물고기를 물 위로 끌어올릴 때 찰바닥거리며 물이 튀는 바람에 얼굴은 온통 바닷물로 뒤덮였다. 간신히 잡아서 바늘을 빼려고 하는데 좀처럼 빠지지 않았다. 물고기를 잡은 손은 미끌미끌한 것이 무척 기분 나쁜 느낌이었다. 귀찮아서 줄을 잡아 뱃바닥에 내동댕이쳤더니 물고기는 즉사해버렸다. 빨간 셔츠와 아첨꾼은 놀라서 보고만 있다. 나

* '뒤에 난 사람은 두려워할 만하다'는 뜻으로 젊은 후학들이 학문을 계속 쌓고 덕을 닦으면 선배를 뛰어넘는 경지에 이른다는 말이다.

는 바닷물에 손을 씻고 냄새를 맡아보았다. 여전히 비린내가 난다. 이제 넌더리가 난다. 뭘 낚든 물고기는 만지고 싶지 않다. 물고기도 잡히고 싶지 않을 것이다. 나는 서둘러 줄을 감아버렸다.

"제일 먼저 공을 세운 건 좋은데 고루키여서는 좀……" 하고 아첨꾼이 또 건방진 소리를 하자 "고루키라면 러시아 문학가* 같은 이름이군" 하고 빨간 셔츠가 익살을 떨었다. "그렇군요, 그야말로 러시아 문학가군요" 하고 아첨꾼이 덩달아 맞장구를 쳤다. 고루키가 러시아의 문학가이고 마루키**가 시바의 사진사라면 고메노나루키***는 생명의 은인일 것이다. 아무나 붙잡고 외국 사람의 이름을 늘어놓는 것이 이 빨간 셔츠의 나쁜 버릇이었다. 사람에게는 각각의 전문 분야가 있는 법이다. 나 같은 수학 선생이 고루키인지 샤리키(짐수레꾼)인지 알게 뭔가. 적어도 다른 사람 생각도 할 줄 알아야지. 그렇게 말하고 싶다면 《프랭클린 자서전》****이나 《Pushing to the Front》***** 같은 나도 알 만한 이름을 얘기했다면 좋았을 것이다. 빨간 셔츠는 때때로 《제국 문학》******이라는 빨간색 표지의 잡지를

---

* 막심 고리키를 말한다.

** 메이지·다이쇼 시대에 활동한 사진가이다.

*** 쌀이 열리는 나무를 뜻한다.

**** 미국의 정치가이자 문필가인 프랭클린이 쓴 자서전으로 당시 일본에서 중학교 교과서로 사용했다.

***** 미국의 실업가 오리슨 스웨트 마든의 저서로 일본에서 중학교 교과서로 사용했다.

****** 도쿄제국대학 문과 기관지로 나쓰메 소세키도 여러 작품을 이 잡지에 발표했다.

학교에 가지고 와서 소중하게 읽곤 한다. 센바람에게 물어보니 빨간 셔츠가 말하는 외국 사람 이름은 다 그 잡지에서 나온다고 했다.《제국 문학》도 무자비한 잡지다.

그 후 빨간 셔츠와 아첨꾼은 열심히 낚시를 하더니 거의 한 시간 동안 열대여섯 마리를 낚았다. 우습게도 낚은 것은 모두 고루키뿐이었다. 도미는 눈 씻고 찾아봐도 없었다. "오늘은 러시아 문학의 복이 터진 날이군" 하고 빨간 셔츠가 아첨꾼에게 말하자 "교감 선생님의 솜씨로도 고루키밖에 안 잡히는데 제가 고루키밖에 못 잡는 것이 당연하지요"라고 대답했다. 뱃사공에게 물어보니 이 작은 물고기는 뼈가 많고 맛이 없어서 먹을 수 없다고 했다. 다만 비료로는 쓸 수 있다고 했다. 빨간 셔츠와 아첨꾼은 열심히 비료를 낚고 있는 것이다. 가엽기 그지없다. 나는 한 마리 잡고 넌더리가 나서 뱃바닥에 벌렁 드러누워 하늘을 바라보고 있었다. 낚시를 하는 것보다 이편이 훨씬 운치 있었다.

그때 두 사람이 작은 목소리로 뭔가 이야기를 시작했다. 나에게는 잘 들리지 않았고 또 듣고 싶지도 않았다. 나는 하늘을 바라보며 기요를 생각하고 있었다. 돈이 있으면 기요를 데리고 이런 아름다운 곳에 놀러 오면 얼마나 좋을까. 아무리 경치가 좋아도 아첨꾼 따위와 함께한다면 시시하다. 기요는 주름살 많은 할멈이지만 어떤 곳에 데리고 가도 부끄럽지 않다. 아첨꾼 같은 자는 마차에 타든 배에 타든 료운각*에 오르든 도저히 함께할 인간이 못 된다. 내가 교감이고, 빨간 셔츠가 나였다면 역시 나에게 굽실굽실 아첨하고 빨간 셔츠를 야유했을 것이다. 도쿄 토박이는 경박하다는 말을 하는데 이런 자가 지방을 돌아다니며 "저는 도쿄 토박이예요"를 말하고 다닐 테니 경박 하면 도쿄 토박이, 도쿄 토박이 하면 경박함을 떠올릴 것이다. 이런 생각을 하고 있는데, 무슨 일인지 두 사람이 키득키득 웃기 시작했다. 웃는 중간마다 어떤 이야기를 하는데 띄엄띄엄 들려 무슨 말인지 알 수 없었다.

"뭐? 글쎄…… 그래요…… 모르니까요…… 죄죠…… 설마…… 메뚜기를…… 정말이라니까요."

나는 다른 말에는 귀를 기울이지 않았으나 메뚜기라는 아첨꾼의 말을 들었을 때 나도 모르게 귀가 번쩍 뜨였다. 아첨꾼이 무슨 이유에서인지 메뚜기라는 말만은 특별히 힘주어 분명히 내 귀에 들리도록 말하고 그 뒤의 말은 일부러 흐려버렸다. 나는 움직이지 않고 듣고 있었다.

"홋타가…… 그럴지도 모르지…… 덴푸라…… 하하하하…… 선동해서…… 경단도?"

이와 같이 말은 띄엄띄엄 들렸지만 메뚜기, 덴푸라, 경단이라는 단어로 미루어 짐작컨대 나에 대한 얘기가 틀림없다. 얘기를 하려면 더 큰 소리로 하든가 비밀 이야기를 할 생각이었다면 나를 부르지 말든가. 주는 것 없이 싫은 인간들이다. 메뚜기든 뭐든 간에 내가 잘못한 일은 아니다. 교장이 일단 맡기라고 하기에 너구리의

* 1890년 아사쿠사 공원에 세워놓은 12층의 벽돌 탑이다.

체면을 생각해서 지금은 참고 있는 중이다. 아첨꾼 주제에 쓸데없는 참견을 하느니 붓이라도 빨면서 얌전히 있을 것이지. 내 일은 조만간 내가 처리할 테니 상관없지만, '또 홋타가'라든가 '선동해서'라든가 하는 말이 신경 쓰였다. 홋타가 나를 선동해서 소동을 크게 만들었다는 의미인지, 홋타가 학생들을 선동해서 나를 못살게 굴었다는 의미인지 알 수 없었다. 푸른 하늘을 보고 있으니 햇빛은 점점 약해지고 조금은 싸늘한 바람이 불었다. 향 연기 같은 구름이 맑은 하늘에 조용히 흐르더니 어느 틈에 흐린 안개가 낀 것처럼 보였다.

"슬슬 돌아갈까" 하고 빨간 셔츠가 문득 생각난 듯이 말하자 "네, 마침 돌아갈 때네요. 오늘 밤은 마돈나를 만나나요" 하고 아첨꾼이 말했다. 빨간 셔츠가 "멍청하긴, 쓸데없는 소리 말게" 하며 뱃전에 기대고 있던 몸을 조금 일으켰다. "에헤헤헤헤. 괜찮아요. 들어도……" 하며 아첨꾼이 돌아보았을 때 나는 그의 눈을 정면으로 쏘아보았다. 아첨꾼은 이크! 하며 몸을 움츠리더니 머리를 긁적였다. 이 얼마나 시건방진 놈인가.

배는 조용한 바다 위를 노를 저어 해변으로 갔다. "선생은 낚시를 그다지 좋아하지 않는 것 같군요" 하고 빨간 셔츠가 묻기에 "네, 누워서 하늘을 보는 것이 더 좋습니다"라고 대답하며 피고 있던 궐련을 바다에 내던졌더니 칙 소리를 내며 노를 저어 일으킨 파도에 흔들리며 떠돌았다. "선생이 와서 학생들도 아주 좋아하고 있으니 분발해주세요"라며 이번에는 낚시와는 전혀 상관없는 말을 했다. 나는 "그렇지 않은 것 같던데요"라고 대답했다.

"아니, 그냥 하는 소리가 아니에요. 몹시 좋아하고 있어요. 그렇지요, 요시카와 선생."

"좋아하는 정도가 아닙니다. 난리가 났어요" 하고 아첨꾼은 히죽히죽 웃었다. 이놈이 하는 말은 한 마디 한 마디가 부아가 치미니 묘하다. "그렇지만 선생, 주의하지 않으면 위험해요" 하고 빨간 셔츠가 말하기에 "어차피 위험합니다. 이렇게 된 이상 위험은 각오하고 있습니다"라고 말해주었다. 실제로 나는 학교를 그만두거나 학생들 모두에게 사과를 받거나 둘 중 하나를 택할 각오를 하고 있었다.

"그렇게 말한다면 더 할 말은 없지만, 나도 교감으로서 선생을 생각해서 하는 말이니 나쁘게 생각하지는 말아요."

"교감 선생님은 선생에게 호의를 가지고 있어요. 저도 부족하지만 같은 도쿄 토박이로서 오랫동안 학교에서 함께 근무하기를 바라는 마음이에요. 그래서 힘이 되고자 노력하고 있어요" 하고 아첨꾼이 사람다운 소리를 했다. 아첨꾼에게 신세를 질 바에는 목을 매고 죽겠다.

"학생들은 선생이 온 것을 매우 환영하고 있지만 거기에는 여러 가지 사정이 있어요. 선생도 화가 나는 일이 있을지 모르지만 지금은 참아야 할 때라고 생각하고 견뎌주세요. 결코 선생에게 해가 될 일은 없도록 할 테니."

"여러 가지 사정이라니, 무슨 사정입니까?"

"그것이 조금 복잡하게 뒤얽혀 있지만 차차 알게 될 겁니다. 내가 말하지 않아도 자연스럽게 알게 될 거예요. 그렇지 요시카와 군."

"네, 상당히 복잡하게 뒤얽혀 있으니까요. 도저히 하루아침에 알 수 없지요. 그렇지만 차차 알게 될 겁니다. 제가 말하지 않아도 자연스럽게 알게 될 겁니다" 하고 아첨꾼은 빨간 셔츠와 같은 말을 했다.

"그렇게 귀찮은 사정이라면 몰라도 됩니다만, 두 분이 이야기하기에 물어본 것뿐입니다."

"지당한 말씀입니다. 이쪽에서 먼저 말을 꺼내놓고 끝을 내지 않는 것은 무책임하지요. 그렇다면 이 말만 해두죠. 선생에게는 실례지만 이제 막 학교를 졸업하고 교사 생활은 처음이잖아요. 그런데 학교라는 곳이 여러 가지 사정이 뒤얽혀 있는 곳이어서 학교에서 배운 것처럼 단순하게 돌아가지 않는답니다."

"단순하게 돌아가지 않는다면 어떻게 돌아갑니까?"

"선생이 그렇게 정직하니 아직 경험이 없다는 소리를 듣는 것이지만……."

"어차피 경험은 부족합니다. 이력서에도 적었지만 태어난 지 23년 4개월밖에 안 됐습니다."

"그래서 생각지도 못한 곳에서 속는 수가 있지요."

"솔직히 말씀드리면 누가 속이든 무섭지 않습니다."

"물론 무섭지 않겠죠. 무섭지는 않지만, 속임을 당하지요. 실제로 선생의 전임자가 당했으니 주의하지 않으면 안 된다는 말입니다."

아첨꾼이 조용하다 싶어 돌아보니 어느 틈에 고물 쪽에서 뱃사공과 낚시 이야기를 하고 있었다. 아첨꾼이 빠지니 이야기하기가 한결 편했다.

"제 전임자가 누구에게 속았다는 말씀입니까?"

"누구라고 하면 그 사람의 명예와 관련이 있으니 말하기 곤란합니다. 더구나 분명한 증거도 없으니 잘못 말했다가는 입장이 난처해질 수 있을 테니……. 어쨌거나 선생이 여기까지 왔으니 열심히 해줬으면 하는 바람입니다. 부디 주의하시고요."

"주의하라고 하셔도 여기에서 더 어떻게 주의하라는 말씀입니까? 나쁜 짓을 하지 않으면 되는 것 아닙니까?"

빨간 셔츠는 호호호 하고 웃었다. 특별히 내가 우스운 말을 한 것도 아닌데 말이다. 지금까지 살아온 대로만 살면 된다고 굳게 믿고 있었다. 생각해보니 세상 사람들은 대부분 나쁜 쪽으로 장려하는 것 같다. 나빠지지 않으면 사회에서 성공할 수 없다고 믿고 있는 듯하다. 가끔 정직하고 순수한 사람을 보면 도련님이라느니 애송이라느니 하며 얕잡아 본다. 그렇다면 초등학교나 중학교에서 거짓말하지 마라, 정직해라 하고 도덕 선생이 가르치지 말아야 한다. 차라리 학교에서 거짓말하는 법이나 사람을 믿지 않는 기술이나 사람을 속이는 계책을 가르치는 편이 이 세상을 위하고 본인을 위하는 일일 것이다. 빨간 셔츠가 호호호 하고 웃은 것은 나의 단순함을 비웃는 것이다. 단순하고 진솔한 것이 웃음거리가 되는 세상이라면 어쩔 수가 없다. 기요는 이럴 때 결코 웃은 적이 없다. 크게 감탄하며 들어주었다. 기요가 빨간 셔츠보다 훨씬 훌륭하다.

"물론 나쁜 짓을 하지 않으면 됩니다만, 내가 나쁜 짓을 하지 않더라도 다른 사람의 나쁜 짓을 모르면 역시 험한 꼴을 당할 수 있어요. 이 세상에는 도량이 커 보여도, 순수해 보여도, 친절하게 하숙을 소개해주어도 좀처럼 방심할 수 없는 사람이 있어서……. 꽤 쌀쌀해졌어요. 벌써 가을이네요. 해변은 안개로 세피아색이 되었군. 멋진 경치네. 이봐, 요시카와 군, 어떤가? 저 해변의 경치가……" 하며 큰 소리로 아첨꾼을 불렀다. "정말 멋있네요. 시간이 있으면 그리고 싶은데 이대로 두고 가야 하니 아쉽습니다" 하고 아첨꾼이 맞장구를 쳤다.

항구의 요릿집 2층에 불이 켜지고 기차의 기적이 뚜 하고 울릴 때 내가 타고 있던 배가 물가의 모래에 뱃머리를 밀어 넣으며 멈추었다. "어서 오세요" 하고 여주인이 물가에 서서 빨간 셔츠에게 인사를 한다. 나는 뱃전에서 '얏' 하고 기합 소리를 내며 물가로 훌쩍 뛰어내렸다.

6

아첨꾼은 정말 싫다. 이런 놈은 맷돌을 매달아 바다 밑으로 수장해버리는 것이 나라를 위하는 길이다. 빨간 셔츠는 목소리가 마음에 들지 않는다. 분명 일부러 거드름을 피우며 꾸며내는 목소리일 것이다. 아무리 거드름을 피워도 그 얼굴로는 안 된다. 반하는 사람이 있다면 마돈나 정도일 뿐. 그러나 교감인 만큼 아첨꾼보다는 어려운 말을 한다. 집으로 돌아가 교감이 한 말을 생각해보니 어쨌든 맞는 말인 듯하다. 분명히 말하지 않았기 때문에 짐작하기는 어렵지만 센바람이 좋지 않은 녀석이니 조심하라는 의미인 것 같다. 그러면 그렇다고 분명히 말해줄 것이지, 남자답지 못하다. 그렇게 나쁜 교사라면 빨리 면직시키면 될 텐데 말이다. 교감은 문학사인데도 패기가 없다. 험담할 때조차도 확실하게 이름을 말하지 못할 정도의 사내이니 분명 겁쟁이일 것이다. 겁쟁이는 친절한 법이니 빨간 셔츠도 여자처럼 친절한 것이다. 친절은 친절이고 목소리는 목소리이니 목소리가 마음에 안 든다고 친절함까지 나쁘게 생각할 필요는 없다. 세상은 참 묘하다. 마음에 들지 않는 녀석이 친절하고 마음 맞는 친구가 나쁜 놈이라니 사람을 바보로 만든다. 아마 시골이라서 도쿄와는 모든 게 반대로 돌아가는 모양이다. 어수선한 곳이다. 머지않아 불이 얼고 돌이 두부가 될지도 모르겠다. 그러나 센바람이 학생들을 선동하다니, 나쁜 짓을 할 녀석 같지는 않았는데 가장 인기 있는 선생이라고 하니 마음만 먹으면 그럴 수도 있겠다. 에둘러 행동하지 말고 직접 나를 붙잡고 싸움을 걸었으면 간단했을 것이다. 내가 방해가 된다면 "실은 이러이러하다. 방해가 되니 학교를 그만두라"고 말했으면 좋았을 텐데……. 세상일은 서로 얘기하다 보면 해결되기도 한다. 상대방의 말이 일리 있다면 내일이라도 학교를 그만둘 것이다. 벌어먹고 살 데가 여기만 있는 것도 아니고 어디를 가든 길에서 쓰러져 죽기야 하겠는가. 센바람도 꽤나 속말을 못하는 녀석이다.

이곳에 왔을 때 맨 처음 빙수를 사준 사람이 센바람이었다. 겉과 속이 다른 녀석에게 빙수를 얻어먹은 것은 내 체면과 관계되는 일이다. 나는 딱 한 그릇밖에 먹지 않았으니 1센 5린밖에는 안 된다. 그러나 1센이든 5린이든 사기꾼에게 신세를 졌으니 죽을 때까지 마음에 걸릴 것이다. 내일 학교에 가면 1센 5린을 갚아야겠다. 나는 기요에게 3엔을 빌렸다. 그 3엔은 5년이 지난 지금까지 갚지 않았다. 갚지 못한 것이 아니라 갚지 않은 것이다. 기요는 그 돈을 받을 생각이 없는 듯하다. 나도 다른 사람에게 진 빚을 빨리 갚겠다는 마음이 없다. 내가 어서 갚아야겠다고 걱정할수록 기요의 마음을 의심하는 것이고 기요의 고운 마음을 몰라주는 것이 된다. 빌린 돈을 갚지 않은 것은 기요를 무시해서가 아니라 기요를 나와 가까운 사람이라고 생각했기 때문이다. 기요와 센바람은 처음부터 비교 대상이 될 수 없지만, 비록 빙수든 감로차든 다른 사람의 신세를 지고 가만히 있는 것은 상대방을 인정한다는 뜻이고 그 사람에 대한 호의의 표시다. 내 몫을 내면 그것으로 끝이지만, 마음속에 고마움을 품게 하는 것은 돈으로 살 수 있는 것이 아니다. 내세울 만한 지위는 없지만 내 앞가림은 할 수 있는 독립적인 인간이다. 독립적인 인간이 머리를 숙이는 것을 백만 냥보다 더 값진 사례라고 생각해야 하지 않을까.

나는 이래 봬도 센바람에게 1센 5린의 빙수를 대접받고 백만 냥 이상의 사례를 했다고 생각했다. 센바람은 당연히 고맙게 여겨야 한다. 그런데 뒤에서 비열한 짓거리를 하다니 괘씸하기 짝이 없는 놈이다. 내일 가서 1센 5린을 돌려주면 그만이다. 그리고 한바탕 싸움을 벌여야겠다.

여기까지 생각했더니 졸음이 몰려와 쿨쿨 자버렸다. 다음 날 평소보다 일찍 학교에 나가 센바람을 기다렸다. 그러나 좀처럼 오지 않았다. 끝물 호박이 오고, 한문 선생이 오고, 아첨꾼이 왔다. 결국 빨간 셔츠까지 왔지만 센바람의 책상 위에는 덩그러니 분필 한 자루만 놓여 있었다. 나는 교무실에 들어서자마자 갚을 생각으로 하숙집에서 나올 때부터 목욕료처럼 1센 5린을 손에 쥐고 학교까지 왔다. 나는 손에 땀이 많은 편이라 손을 펴보니 1센 5린이 땀에 젖어 있었다. 땀에 젖은 돈을 주면 센바람이 뭐라고 할 것 같아서 책상 위에 놓고 후후 불어서 말리고는 다시 손에 쥐었다. 그때 빨간 셔츠가 와서 "어제는 실례했어요, 힘들었지요" 하기에 "힘들지 않았습니다. 덕분에 배는 고팠습니다"라고 대답했다. 그러자 빨간 셔츠는 센바람 책상 위에 팔꿈치를 괴고 넙적한 얼굴을 내 코앞으로 들이밀기에 뭘 하려나 싶었는데 "어제 돌아오는 길에 배에서 한 말은 비밀로 해주세요. 아직 아무에게도 말하지 않았겠지요?"라고 말했다. 목소리가 여성스러운 만큼 걱정이 많은 남자인 듯하다. 분명히 아무에게도 말하지 않았다. 그러나 지금부터 말하려고 이미 1센 5린을 손에 쥐고 있는데 여기서 빨간 셔츠에게 입막음을 당해서는 곤란하다. 빨간 셔츠도 빨간 셔츠다. 센바람이라는 이름은 말하지 않았지만 금방 풀 수 있는 수수께끼를 내놓고 지금에 와서 수수께끼를 풀면 곤란하다니, 교감이라고 할 수 없을 정도로 무책임하다. 원래는 내가 센바람과 싸움을 시작하면 격전을 벌이는 한가운데로 나와서 내 편을 들어주어야 마땅하다. 그래야 한 학교의 교감으로서 빨간 셔츠를 입은 위신도 서지 않겠는가.

나는 교감을 향해 아직 아무에게도 말하지 않았지만 지금부터 센바람과 담판 지을 생각이라고 했더니, 빨간 셔츠는 몹시 당황하며 "선생, 그렇게 무모하게 굴면 곤란해요. 나는 홋타 선생에 대해 특별히 말한 것도 없는데…… 선생이 만약 여기서 난폭하게 굴면 내 입장이 상당히 곤란해져요. 선생은 학교에 소란을 일으키기 위해 온 것은 아닐 테지요?" 하고 묘하게 상식에서 벗어난 질문을 하기에 "당연합니다"라고 대답했다. 그러자 빨간 셔츠가 "그렇다면 어제 일은 선생이 참고만 하고 입 밖에는 내지 말아요" 하고 땀을 흘리며 부탁하기에 "좋습니다. 저도 곤란하지만 교감 선생님의 입장이 난처해진다면 말하지 않겠습니다"라고 약속했다. "선생, 믿어도 되겠지요?" 하고 빨간 셔츠는 다짐을 받았다. 어디까지 여자처럼 굴려는지 모르겠다. 문학사가 모두 저런 사람이라면 정말 한심스럽다. 이치에 맞지 않고 논리가 결여된 주문을 하고도 태연했다. 게다가 나를 의심하다니. 이래 봬도 뼛속 깊이까지 진정한 남자다. 약속한 것을 뒤에서 깨버리는 그런 비열한 짓은 하지 않는다.

그때 양쪽 책상의 주인도 학교에 나왔기 때문에 빨간 셔츠는 서둘러 자기 자리로 돌아갔다. 빨간 셔츠는 걸을 때도 거드름을 피우며 걷는다. 교무실 안을 돌아다닐 때에도 소리가 나지 않도록 구두 바닥을 살짝 내려놓는다. 소리를 내지 않고 걷는 것이 자랑거리가 되는 줄 이때 처음 알았다. 도둑이 되는 연습을 하는 것도 아니고.

이윽고 수업 시작을 알리는 나팔이 울렸다. 센바람은 끝내 나타나지 않았다. 할 수 없이 1센 5린을 책상 위에 두고 교실로 갔다.

첫 시간 수업이 조금 늦게 끝나 교무실로 돌아오니 다른 교사들은 모두 자리에 앉아 이야기를 나누고 있었다. 센바람도 어느 틈에 와 있었다. 결근하는 줄 알았는데 지각한 모양이었다. 내 얼굴을 보자마자 "오늘은 자네 때문에 지각했으니 벌금을 내게"라고 말했다. 나는 책상 위에 있던 1센 5린을 내밀며 "이걸 줄 테니 받아두게. 얼마 전에 번화가에서 먹은 빙숫값이네" 하며 센바람 책상에 두니 "무슨 소린가" 하며 웃으려고 하다가 내가 의외로 진지하게 말하자 "시시한 농담 집어치우게" 하며 내 책상 위에 도로 올려놓았다. 거 참, 센바람 주제에 끝까지 한턱내겠다 이거지.

"농담이 아니고 진심이네. 내가 자네에게 빙수를 얻어먹을 이유가 없으니 갚는 것이네. 그런데 자네는 왜 안 받겠다는 건가?"

"그렇게 1센 5린이 신경 쓰인다면 받아두겠네만 왜 지금에 와서 갚는 것이지?"

"지금에 와서건 뭐건 갚겠네. 얻어먹는 게 싫으니 갚는 거지."

센바람은 냉담하게 내 얼굴을 보더니 '흥' 콧방귀를 뀌었다. 빨간 셔츠가 부탁하지 않았다면 여기서 센바람의 비열함을 폭로하고 한바탕 싸움을 벌였겠지만 입 밖에 내지 않겠다고 약속했으니 어찌할 도리가 없었다. 사람이 이렇게 흥분해 있는데 '흥'이라니.

"빙숫값은 받을 테니, 하숙집에서는 나가주게."

"1센 5린을 받으면 그걸로 됐네. 하숙집을 나가든 말든 그건 내 마음이네."

"자네 마음이 아니야. 어제 하숙집 주인이 와서 자네가 나가주기를 바라기에 이유를 물었더니 일리가 있더군. 그래서 확인해볼 요량으로 오늘 아침 하숙집에 들러 자세한 이야기를 듣고 왔네."

나는 센바람이 하는 말이 무슨 말인지 전혀 감이 잡히지 않았다.

"하숙집 주인이 무슨 말을 했는지 알게 뭔가. 그렇게 혼자서만

정한다고 될 문제인가. 이유가 있으면 이유를 먼저 말하는 것이 순서 아닌가. 덮어놓고 하숙집 주인 말이 일리가 있다고 하다니 참으로 무례하기 짝이 없군."

"그렇다면 말해주겠네. 자네가 터무니없는 짓을 하니 하숙집에서 곤란하다고 하는 걸세. 아무리 하숙집 안주인이라고는 하지만 하녀가 아니네. 발을 내밀며 닦아달라니, 도가 지나쳤네."

"아니, 내가 언제 하숙집 안주인에게 발을 닦아달라고 했단 말인가?"

"닦아달라고 했는지 어쨌는지 모르겠네만 하여간 하숙집 쪽에서는 자네 때문에 곤란해하네. 하숙비 10엔이나 15엔은 골동품 하나만 팔면 된다는군."

"건방진 말을 하는군. 그렇다면 왜 방을 내주었나?"

"왜 내주었는지는 나도 모르네. 내주긴 내주었지만 싫어졌으니 나가라고 하겠지. 나가주게."

"나가겠네. 있어달라고 빌어도 나가겠네. 그런 이상한 트집을 잡는 곳을 소개한 자네부터가 잘못 아닌가."

"내 잘못이든 자네가 어른스럽지 못하든, 둘 중 하나겠지."

센바람은 나 못지않게 금방 짜증을 내는 성격이라 지지 않으려고 큰 소리를 냈다. 교무실에 있던 사람들은 무슨 일인가 싶어 모두 나와 센바람 쪽으로 턱을 길게 뺐다. 나는 특별히 부끄러운 일을 한 것이 아니기에 일어나서 교무실 안을 한번 쭉 둘러보았다. 모두 놀란 얼굴을 하고 있는데 아첨꾼만 재미있다는 듯 웃고 있었다. 나는 커다란 눈을 부릅뜨고 '네놈도 한번 싸워볼 테냐' 하며 서슬 퍼런 얼굴로 노려보았다. 그러자 아침꾼은 갑자기 진지한 표정을 지으며 얼른 고개를 숙였다. 조금 무서웠나 보다. 그사이에 수업 시작을 알리는 나팔이 울렸다. 센바람도 나도 싸움을 멈추고 교실로 향했다.

오후에는 지난밤 나에게 무례한 짓을 한 학생들에 대한 징계 회의가 열렸다. 회의는 태어나서 처음 하는 것이라 어떻게 하는지 모르지만 아마도 교사들이 모여 자신의 의견을 말하면 교장이 적당히 정리하는 것이리라. 정리한다는 것은 흑백을 가리기 어려운 일에 사용하는 말이다. 이 경우처럼 누가 봐도 불합리한 사건을 회의까지 하다니, 시간이 아깝다. 누가 어떻게 해석을 해도 다른 의견이 나올 리 없다. 이처럼 명백한 일은 그 자리에서 교장이 결정해 버리면 좋을 텐데 상당히 결단력이 없는 모양이다. 교장이란 사람이 이래서야 굼뜬 굼벵이와 뭐가 다른가.

회의실은 교장실 옆에 있는 좁고 긴 방으로 평상시에는 식당으로 사용하는 곳이다. 검은 가죽 의자 20여 개가 긴 테이블 주위에 늘어서 있는데 마치 간다에 있는 서양 요릿집 같았다. 이 테이블 끝에 교장이 앉고 교장 옆에 빨간 셔츠가 자리 잡았다. 나머지는 마음대로 앉는데 체육 교사만이 언제나 겸손하게 끝자리에 앉는다고 한다. 나는 상황을 잘 모르니, 과학 선생과 한문 선생 사이에 앉았다. 맞은편에는 센바람과 아침꾼이 나란히 앉아 있었다. 아침꾼의 얼굴은 아무리 생각해도 영 아니다. 싸우기는 했지만 센바람이 훨씬 분위기가 있다. 아버지의 장례식 때 고비나타*의 요겐사 객실에 걸려 있던 족자의 얼굴과 닮았다. 승려에게 물어보았더니 위태천(韋駄天)**이라는 괴물이라고 했다. 오늘은 화가 나 있어서 눈알을 빙빙 돌리며 가끔 내 쪽을 봤다. 그런 식으로 협박한다고 굴복할 내가 아니다. 나도 이에 질세라 눈을 굴리며 센바람을 쏘아보았다. 내 눈은 잘생긴 편은 아니지만 크기만큼은 누구에게도 지지 않는다. 도련님은 눈이 크니 배우가 되면 어울릴 거라고 기요가 말하곤 했다.

"거의 모였군요" 하고 교장이 말하자 서기인 가와무라 선생이 하나, 둘 사람 수를 세어보았다. 한 사람이 부족했다. 그도 그럴 것이 끝물 호박이 오지 않았다. 나와 끝물 호박은 전생에 무슨 인연이 있는지, 이 선생의 얼굴은 한번 본 이후 도무지 잊히지 않는다. 교무실에 오면 바로 끝물 호박이 눈에 띈다. 길을 걸을 때에도 끝물 호박 선생의 모습이 떠오른다. 온천에 가도 끝물 호박이 때때로 창백한 얼굴을 하고 욕탕 안에 앉아 있다. 인사를 하면 "네" 하고 죄송한 듯 머리를 숙이니 딱하다는 생각이 든다. 학교에서도 끝물 호박만큼 점잖은 사람은 없다. 좀처럼 웃지도 않지만 쓸데없는 말을 하지도 않는다. 나는 군자라는 단어를 책에서 배웠는데 이것은 책 속에 나오는 단어일 뿐 살아 있는 인간은 아닐 것이라고 생

* 지금의 도쿄 문교구이며 이곳에 나쓰메 집안의 위패를 안치하고 명복을 비는 절이 있다.

** 불법의 수호신으로 걸음이 매우 빠르다고 한다.

각했다. 그러나 끝물 호박을 만난 후 비로소 실체가 있는 단어임을 실감했다.

이처럼 관심 있게 봐온 인물이기에 회의실에 들어오자마자 끝물 호박이 없는 것을 알았다. 실은 회의실에 들어왔을 때 나는 그 남자 옆에 앉으려고 했다. 교장은 “곧 오겠지요” 하고 자신 앞에 있는 보라색 보자기를 풀어 인쇄물을 꺼내 읽었다. 빨간 셔츠는 호박(琥珀) 파이프를 비단 손수건으로 닦기 시작했다. 이 사내의 취미다. 자신이 입고 있는 빨간 셔츠와 취미가 막상막하다. 다른 교사들은 서로 뭔가 속삭였다. 할 일이 없어 따분해진 사람들은 연필 뒤에 붙어 있는 지우개로 책상 위에 끊임없이 뭔가 쓰고 있었다. 아첨꾼은 때때로 센바람에게 말을 걸지만 센바람은 전혀 반응하지 않았다. 다만 “응”이나 “아아”라고 할 뿐 때때로 무서운 눈으로 내 쪽을 바라봤다. 나도 지지 않고 노려봤다.

그때 기다리던 끝물 호박이 들어와서는 미안한 듯 “일이 있어서 늦었습니다” 하며 정중히 너구리에게 인사를 했다. “그럼, 회의를 시작하겠습니다” 하더니 너구리는 우선 서기인 가와무라 선생에게 인쇄물을 나눠주라고 했다. 받아보니 처음이 ‘징계 건’ 다음이 ‘학생 단속 건’이었고 그 외에 두세 개가 더 있었다. 너구리는 언제나처럼 거드름을 피우며 교육의 신이라도 되는 양 이렇게 말했다.

“선생님과 학생들에게 과실이 있는 것은 제가 부덕한 탓입니다. 크고 작은 사건이 일어날 때마다 제가 과연 교장 자리에 있어도 되는지 제 자신을 돌아보며 반성합니다. 그런데 안타깝게도 또 이런 소동이 일어난 데 대해 여러분께 깊은 사죄의 말씀을 드립니다. 그러나 일단 일어난 일에 대해서는 어떻게든 징계를 내려야 합니다. 이 사건은 이미 여러분이 알고 있는 대로입니다. 선후책에 대해서 참고가 될 만한 의견을 기탄없이 말해주기 바랍니다."

나는 교장의 말을 듣고 '교장인지 너구리인지 언변이 뛰어나구나' 하며 감탄했다. 이렇게 교장이 뭐든 책임을 지고 자신의 책임이라는 둥 부덕한 탓이라는 둥 할 바에는 학생들을 처벌하지 말고 자신이 먼저 그만두면 될 일이다. 그러면 이런 귀찮은 회의를 할 필요도 없을 것이고 무엇보다 상식적으로 생각해도 알 수 있다. 나는 얌전히 숙직을 했고 학생들이 문제를 일으켰다. 나쁜 것은 교장도 아니고 나도 아니다. 바로 학생들이다. 만약 센바람이 선동했다면 학생들과 센바람을 그만두게 하면 될 일이다. 다른 사람의 잘못을 자신이 떠맡고는 내 잘못이라고 큰소리치는 놈이 어디 있겠는가. 너구리가 아니면 할 수 없는 묘기다. 교장은 이 같은 논리에 맞지 않는 말을 하고 득의양양하게 교사들을 둘러보았다. 그런데 아무도 입을 여는 사람이 없었다. 과학 교사는 제1교사 지붕에 앉아 있는 까마귀를 보고 있었다. 회의가 이렇게 시시한 것이었다면 차라리 결석하고 낮잠을 자는 편이 나았다.

나는 답답해서 제일 먼저 열변을 토할 생각으로 반쯤 일어선 순간, 빨간 셔츠가 말을 시작했기 때문에 자리에 앉아야 했다. 파이프를 집어넣은 빨간 셔츠는 줄무늬가 있는 실크 손수건으로 얼굴을 닦으며 뭔가를 말했다. 저 손수건은 분명 마돈나에게서 빼앗은 것이리라. 남자는 흰모시 손수건을 사용하는 법이다.

"학생들의 거친 행동을 듣고 교감으로서 주의가 소홀했던 점과 평소 덕행으로 학생들을 감화시키지 못한 점에 대해 깊이 반성합니다. 그런데 이런 일은 뭔가 결함이 있을 때 일어납니다. 사건 자체만 놓고 보면 학생들이 잘못한 것 같지만 그 진상을 살펴보면 책임은 오히려 학교에 있을지도 모릅니다. 그러니 결과만 놓고 엄중한 제재를 가한다면 오히려 앞날을 위해 좋지 않을 것이라고 생각합니다. 또한 학생들이 혈기 왕성하여 옳고 그름을 생각하지 않은 채 이 같은 장난을 저지른 것인지도 모릅니다. 징계와 관련해서는 교장 선생님이 결정하실 일이니 참견할 일은 아닙니다만 부디 그 점을 참작하여 되도록 관대한 처리를 바랍니다."

과연 너구리도 너구리지만 빨간 셔츠도 그에 못지않다. '학생들이 난동을 부린 것은 학생들 잘못이 아니라 교사가 잘못해서 그런 것이다'라고 공언한 것이다. 미치광이가 사람의 머리를 후려친 것은 맞은 사람이 맞을 짓을 했기 때문이라는 말이다. 매우 감사할 따름이다. 왕성한 혈기를 주체하지 못하겠다면 운동장에 나가 씨름이라도 하면 좋을 텐데 반무의식 상태에서 이불 속에 메뚜기를 넣다니, 어찌 참을 수 있겠는가? 이래서야 잠자고 있는 사람 목을 베어도 반무의식적으로 한 일이라며 풀어줄 모양이다.

나는 이런 생각을 하면서 무슨 말을 할지 생각해보았다. 말을 한다면 사람들이 깜짝 놀랄 만큼 막힘없이 해야 하는데, 나는 화가 났을 때 말하면 두세 마디 하고 말문이 막히는 버릇이 있었다. 너구리도 빨간 셔츠도 인간으로서는 나보다 떨어지지만 말하는 재주는 뛰어나기 때문에 잘못 말했다가는 말꼬리를 잡힐 수 있다. 잠깐 마음속으로 문장을 만들고 있는데 그때 앞에 앉은 아첨꾼이 갑자기 벌떡 일어나는 바람에 소스라치게 놀랐다. 아첨꾼 주제에 의견을 말하다니 건방지기 짝이 없다. 아첨꾼은 늘 그렇듯이 경망스럽게 말하기 시작했다.

"이번 메뚜기 사건과 함성 사건은 의식 있는 교사들에게 우리 학교 장래의 전도에 의구심을 품게 할 만한 사건입니다. 우리 교사된 자들은 이러한 때에 더욱 자신을 돌아보고 교내 기강을 다잡아야 합니다. 지금 교장 선생님 및 교감 선생님께서 하신 말씀은 실로 핵심을 찌르는 말씀으로 저도 철두철미 찬성합니다. 부디 관대한 처벌을 내려주시기 바랍니다."

아첨꾼의 말은 언어일 뿐 의미가 없다. 한자어만 쉴 새 없이 늘어놓았을 뿐 무슨 말인지 모르겠다. 그나마 알아들은 것은 "철두철미 찬성합니다"라는 말뿐이다.

나는 아첨꾼이 말한 의미는 모르지만 까닭 모를 부아가 치밀었기 때문에 속으로 문장을 만들기도 전에 일어나버렸다. "저는 철두철미 반대합니다……"라고 말을 꺼냈는데 다음 말이 나오지 않았다. "……그런 뚱딴지같은 징계는 정말 싫습니다"라고 덧붙였더니 교사들 모두 웃음을 터뜨렸다. "학생들이 전적으로 나쁩니다. 이번에 단단히 혼을 내지 않으면 버릇이 될 것입니다. 퇴학시켜도 상관없습니다……. 뭐야, 무례하게 새로 온 교사라고 어떻게……"라고 말하고 자리에 앉았다. 그러자 오른쪽 자리에 있던 과학 선생이 "학생이 나쁘기도 하지만 너무 엄한 벌을 내리면 오히려 반발할 것입니다. 교감 선생님 말씀대로 관대한 처벌에 찬성합니다"라며 약한 소리를 했다. 왼쪽 자리의 한문 선생은 원만히 수습하는 데 찬성한다고 했다. 역사 선생도 교감과 같은 의견이라고 했다. 부아가 난다. 동료 교사들 대부분이 빨간 셔츠와 한패다. 이런 무리가 모여서 학교를 꾸려나간다면 아무런 문제가 없을 것이다. 나는 학생들에게 사과를 받든지 학교를 그만두든지 둘 중에 하나를 선택할 생각이기에 만약 빨간 셔츠가 이긴다면 즉시 하숙집으로 돌아가 짐을 쌀 각오였다. 어차피 이런 패들을 말로 이길 재간도 없거니와 이겼다고 하더라도 계속해서 관계를 맺어야 하는 것도 싫었다. 학교를 떠난 뒤에는 어떻게 되든 상관없다. 또 무슨 말을 하면 웃을 게 뻔하다. 나는 입을 닫아버렸다.

그때 지금까지 아무 말 않고 듣고 있던 센바람이 벌떡 일어섰다. 녀석, 또 빨간 셔츠에게 찬성하는 의견을 말하겠지. 어쨌든 네놈과는 한판 붙을 수밖에 없겠구나, 마음대로 해라, 이런 심정으로 보고 있는데 센바람이 유리창이 깨질듯 쩌렁쩌렁한 목소리로 말했다.

"저는 교감 선생님을 비롯한 다른 선생님들의 말씀에 동의할 수 없습니다. 왜냐하면 이 사건은 50여 명의 기숙사 학생들이 신입 교사 모 씨를 얕잡아보고 조롱하려고 한 행위가 확실합니다. 교감 선생님은 그 원인을 교사에게서 찾으려고 하는데 그것은 잘못된 생각입니다. 모 씨가 숙직을 한 것은 부임해서 얼마 안 된 때로 아직 학생들과 만난 지 20일도 되지 않았을 무렵입니다. 이 짧은 기간에 학생들은 새로 온 선생님을 파악할 수 없습니다. 경멸당할 만한 합당한 이유가 있어서 경멸을 당한 것이라면 학생들의 행위를 참작해줄 여지가 있습니다. 하지만 아무 이유도 없이 신참 선생을 우롱한 경박한 학생들을 너그러이 봐준다면 학교의 위신이 서지 않을 것입니다. 교육은 단순히 학문을 가르치는 곳만이 아닙니다. 고상하고 정직한 무사 정신은 고취시키고 야비하고 경박하며 사납고 오만한 풍조는 없애야 한다고 생각합니다. 만약 반발을 두려워하거나 소동이 커질까 봐 일시적 방편을 취한다면 이 폐습을 언제 고칠 수 있겠습니까. 이런 폐습을 없애는 것이 이 학교에서 일하는 선생님들의 의무입니다. 이번 일을 대충 넘길 생각이라면 처음부터 교사가 되지 말았어야 합니다. 저는 이 같은 이유로 관련 학생들을 엄벌에 처하는 동시에 해당 교사에게 공식적으로 사죄하는 것이 지당한 조처라고 생각합니다."

말을 마친 센바람은 털썩 자리에 앉았다. 모두 입을 다물고 아무 말도 하지 않았다. 빨간 셔츠는 다시 파이프를 닦기 시작했다. 나는 매우 기뻤다. 내가 말하고자 하는 바를 센바람이 모두 말해준 것이나 다름없었다. 나는 이렇게 단순한 인간이기에 지금까지의 싸움은 완전히 잊고 몹시 고맙다는 얼굴을 하고 자리에 앉은 센바람 쪽을 봤지만 센바람은 모른 척했다.

잠시 후 센바람이 또 일어났다.

"깜박 잊고 말하지 않은 것이 있습니다. 그날 밤 숙직 담당자는 숙직 중에 외출을 하여 온천에 갔다 왔습니다. 그것은 말도 안 되는 일입니다. 한 학교의 숙직을 맡아놓고는 감시하는 사람이 없다고 다른 데도 아닌 온천에 가다니 참으로 볼썽사나운 행동입니다. 학생들은 학생들이고 이 점에 대해서는 교장 선생님께서 책임자에게 특별히 주의를 주시기 바랍니다."

이상한 녀석이다. 편을 들어주는가 싶더니 바로 남의 실수를 폭로한다. 나는 아무 생각 없이 전에 숙직했던 선생도 외출했기에 다들 그러는 줄 알고 온천에 간 것이다. 하지만 센바람의 말을 들으니 내가 잘못했다. 공격당해 마땅하다. 그래서 나는 다시 일어나 "제가 숙직 중에 온천에 갔습니다. 제가 잘못했습니다. 용서를 구합니다"라고 말하고 자리에 앉았더니 선생들은 또 웃음을 터뜨렸다. 내가 무슨 말만 하면 웃는다. 어이없는 놈들이다. 네놈들은 나처럼 자신의 잘못을 공식적인 자리에서 잘못했다고 단언할 수 있는가, 할 수 없으니 웃는 것이겠지.

교장은 "이제 더 의견은 없는 듯하니 심사숙고한 후 처리하겠습니다"라고 했다. 말이 나온 김에 그 결과를 말하면 기숙사 학생들은 일주일간 외출 금지 처벌을 받았고 내 앞에 와서 사죄를 했다. 사죄를 하지 않았다면 그 자리에서 사표를 내고 돌아갈 생각이었는데 내가 원하는 대로 되었기 때문에 나중에 일이 더욱 커지고 말았다. 그 일은 나중에 말하겠지만 교장은 이때 회의의 연속이라고 말하며 다음과 같은 말을 했다.

"학생들의 예의범절은 교사가 모범을 보여 바로잡아야 합니다.

그 첫 번째로 교사는 되도록 음식점 등에 출입하지 말아야 합니다. 송별회처럼 특별한 때를 제외하고는 혼자서 품위 없는 장소에 가서는 안 됩니다. 예를 들면 메밀국수 가게라든지 경단 가게라든지……."

그러자 선생들이 또 웃었다. 아첨꾼이 센바람을 보고 '덴푸라'라고 하며 눈짓을 했지만 센바람은 상대도 하지 않았다. 꼴좋다.

나는 머리가 나빠서 너구리가 하는 말 따위는 전혀 모르지만 메밀국수 가게나 경단 가게에 출입하는 사람은 중학교 교사 자격이 없다고 한다면 나 같은 먹보는 절대로 교사를 할 수 없을 것이라고 생각했다. 그렇다면 처음부터 메밀국수나 경단을 싫어하는 사람을 뽑을 것이지. 아무 말 없이 뽑아놓고 메밀국수를 먹지 말라, 경단을 먹지 말라고 주문하는 것은 나처럼 별다른 취미가 없는 사람에게는 큰 타격이다. 그때 빨간 셔츠가 또 끼어들었다.

"중학교 교사란 상류층에 해당합니다. 그러니 단순히 물질적 쾌락만을 추구해서는 안 될 것입니다. 물질적 쾌락에 빠지면 품성에 나쁜 영향을 미치니까요. 그러나 인간이니 오락이 없으면 이 작은 시골 마을에서 도저히 지낼 수 없을 것입니다. 그래서 낚시를 하거나 문학서를 읽거나 또는 신체시나 하이쿠*를 짓거나 하여 정신적 오락을 찾지 않으면 안 될 것으로……."

아무 말 없이 듣고 있으니 제멋대로 큰소리를 친다. 바다에 나가

---

* 5·7·5의 3구 17음절로 된 일본 고유의 단시다.

비료를 낚거나 고루키가 러시아 문학가거나 단골 게이샤가 소나무 아래 서 있거나 오래된 연못에 개구리가 뛰어들거나* 하는 것이 정신적 오락이라면 덴푸라 메밀국수를 먹고 경단을 먹는 것도 정신적 오락이다. 그런 시시한 오락을 가르치려거든 빨간 셔츠나 빨아 입어라. 너무 부아가 치밀어서 "마돈나를 만나는 것도 정신적 오락입니까?" 하고 물었다. 그러자 이번에는 아무도 웃지 않았다. 묘한 얼굴을 하고 서로 얼굴을 바라볼 뿐이었다. 빨간 셔츠는 괴로운 듯 고개를 숙이고 있었다. 그것 봐라. 쌤통이다. 다만 끝물 호박에게는 미안했다. 내가 이렇게 말했더니 창백한 얼굴이 더욱 창백해졌기 때문이다.

* 마쓰오 바쇼의 하이쿠인 〈오래된 연못에 개구리 뛰어드는 물소리〉의 시구를 인용하여 빨간 셔츠가 말하는 정신적 오락 중 하나인 하이쿠를 풍자했다.

7

나는 그날 밤 하숙집에서 나왔다. 하숙집으로 돌아와 짐을 싸고 있는데 하숙집 안주인이 "불편한 점이라도 있으셨어요? 마음에 안 드는 점이 있으면 말씀해주세요. 고칠게요"라고 한다. 참, 기가 차다. 어떻게 이처럼 알 수 없는 사람들만 모여 있단 말인가. 나가라는 말인지, 있으라는 말인지 알 수가 없다. 그야말로 미치광이다. 이런 자를 상대로 싸움을 해봤자 도쿄 토박이의 명예만 손상될 뿐이니 짐수레꾼을 데리고 급히 나왔다.

나오기는 했으나 어디로 가야 할지 몰랐다. 짐수레꾼이 "어디로 갈까요?" 하고 물었다. 나는 "잠자코 따라와요. 곧 알게 될 테니"라고 말한 후 성큼성큼 걸었다. 귀찮아서 처음 묵었던 야마시로야로 갈까 생각했으나 또 나와야 되니 귀찮을 것 같았다. '이렇게 걷다 보면 하숙집 간판이 눈에 띄겠지. 그럼 그곳을 하늘이 내려준 곳으로 알고 보금자리로 정하자'라고 생각했다. 그런 생각으로 한적하고 살기 좋아 보이는 동네를 걷다 보니 어느새 가지야쵸까지 가버렸다. 여기는 사족(士族)*들의 저택이 있는 곳으로 하숙집이 있을 법한 동네가 아니었기에 조금 번화한 곳으로 가려고 생각했다. 그러다 갑자기 좋은 생각이 떠올랐다. 내가 경애해 마지않는 끝물 호박이 이 동네에 살고 있다. 끝물 호박은 이곳 토박이로 조상 대대로 내려오는 저택에 살고 있으니 주변의 사정을 잘 알고 있을 것이다. 그를 찾아가 물어보면 좋은 하숙집을 가르쳐줄지도 모른다. 다행히 한번 인사를 하러 간 적이 있어서 집을 찾는 수고는 하지 않아도 되었다. 여긴가 싶은 집 앞에 서서 "실례합니다, 실례합니다" 하고 두 번 정도 부르자 50세가량의 여자가 고풍스러운 등불을 켜들고 나왔다. 나는 젊은 여자를 싫어하지 않지만 나이 든 여자를 보면 왠지 그리움이 느껴진다. 기요를 좋아하는 마음이 다른 할머니에게도 옮겨지나 보다. 아마도 끝물 호박의 어머니일 것이다. 머리가 짧고 품위 있었으며 자세히 보니 끝물 호박과 닮았다. 안으로 들어오라고 했지만 잠깐만 보고 가겠다고 말하고 끝물 호박을 현관까지 불러내 실은 사정이 이러한데 어디 하숙집이 없느냐고 물어보았다. 끝물 호박 선생은 "그것 참 곤란하게 됐군요" 하며 잠시 생각하더니 "뒷마을에 하기노라는 노부부가 살고 있어요. 언젠가 방을 비워두는 것이 아까우니 괜찮은 사람이 있으

* 메이지 유신 이후 무사 계급에 내린 칭호다.

면 소개해달라고 부탁한 적이 있어요. 지금도 빌려줄지 모르겠지만 같이 가서 물어봅시다" 하며 친절하게 데리고 갔다.

그날 밤부터 하기노 씨 집에서 하숙을 하게 되었다. 놀라운 것은 내가 이카긴네 하숙집에서 나온 다음 날부터 아첨꾼이 아무렇지도 않은 얼굴로 내가 묵던 방을 점령한 사실이다. 좀처럼 놀라지 않는 나도 이 사실에는 놀라지 않을 수 없었다. 세상은 사기꾼들뿐이어서 서로 속고 속이는지도 모르겠다. 넌더리가 났다.

세상이 이런 것이라면 나도 지고 싶지 않았고 그러려면 나도 세상 사람들과 똑같이 할 수밖에 없다. 하지만 소매치기의 돈까지 가로채지 않고는 먹고살지 못하는 세상이라면 살아 있는 것 자체를 생각해볼 일이다. 그렇다고 건강한 몸으로 목을 매는 것은 조상께 죄송할뿐더러 우세스럽다. 생각해보니 물리 학교에 들어가 도움도 되지 않는 수학 따위를 배우기보다는 600엔을 사업 자금으로 우유 배달업이라도 했더라면 좋지 않았을까. 그랬으면 기요도 나와 떨어져 지내지 않아도 되고 나도 멀리서 기요를 걱정하지 않았을 텐데. 함께 살았을 때는 몰랐는데 이렇게 시골에 와보니 기요는 참으로 선량한 사람이다. 그토록 마음씨 고운 여자는 온 나라를 뒤져도 좀처럼 찾기 힘들 것이다. 내가 도쿄를 떠날 무렵 기요에게 감기 기운이 있었는데 지금은 어떻게 지내고 있을까. 얼마 전에 보낸 편지를 보고 많이 기뻐했겠지. 그건 그렇고 답장이 올 때가 됐는데……, 이런 생각을 하며 2, 3일을 보냈다.

신경이 쓰여서 하숙집 할머니에게 편지 온 것 없느냐고 때때로 물어보았으나 그때마다 오지 않았다며 안쓰러운 표정을 지었다. 이곳 부부는 이카긴과 달리 사족이어서 그런지 두 사람 모두 품위가 있었다. 할아버지가 밤이 되면 이상한 목소리로 우타이*를 부르는 데에는 두 손 들었지만 이카긴처럼 "차를 준비할까요?" 하며 불쑥 들어오지 않아서 편했다. 다만 할머니가 때때로 방에 와서 이야기를 늘어놓곤 했다.

"뭐 땀시 각시를 데리고 와서 함께 살지 않는당가?"

"색시가 있는 사람처럼 보이세요? 이래 봬도 스물넷밖에 안 됐어요."

"아따, 스물넷이면 각시가 있는 것이 당연하지라우."

이 말을 시작으로 어디의 누구는 스무 살에 아내를 맞이했다는 둥 어디에 누구는 스물둘인데 애가 둘이라는 둥 예를 반 다스나 들며 반박을 해대는 통에 어이가 없었다.

"그라믄 나도 스물넷에 각시를 맞이헐 테니께 할머니가 소개해 주쇼잉."

내가 할머니처럼 시골 사투리를 흉내 내며 부탁했더니 할머니가 물었다.

"참말이여라우?"

"진짜로 색시를 맞이하고 싶어 견딜 수가 없어요."

"그렇다니께. 젊었을 때는 다들 그런당께."

---

* 일본의 전통 가면극 노의 가사 또는 그것에 가락을 붙여 노래를 부른다.

이렇게 말하니 부끄러워서 대답을 할 수가 없었다.

"그란디 선상님은 벌써 각시가 있지라우? 내가 이미 알고 있당께요"

"눈이 밝으시네요. 어떻게 알고 있어요?"

"도쿄에서 편지가 이제나 오나 저제나 오나 애타게 기다리지 않았당가요."

"대단하시네요."

"워메, 맞혀부렀소?"

"그 말이 맞는지도 몰라요."

"그건 그렇고 요즘 가시내들 옛날이랑 틀리당께. 조심허는 것이 좋을 것이요."

"왜요? 제 아내가 도쿄에서 바람이라도 피울까 봐요?"

"아니여라우. 선상님 각시는 안 그러겄지만."

"이제야 안심이 되네요. 그럼 뭘 조심하라는 말씀이죠?"

"선상님 각시는 안 그러겄지만……."

"어디에 고약한 색시가 있단 말인가요?"

"이 근방에도 꽤나 있당께. 아따, 선상님, 저 도야마 아가씨를 모르요?"

"모르는데요."

"아직 모른갑소. 이 근방에서는 질로 이쁜 아가씨랑께요. 겁나게 이뻐서 핵교 선상님들도 몽땅 마돈나, 마돈나 하고 부른당께요. 아직 못 들으셨소?"

"아, 마돈나 말입니까? 전 게이샤 이름이라고 생각했는데요."

"아닌디. 마돈나는 외국 말로 미인이라는 뜻 아니당가요."

"그럴지도 모르지요. 놀랍군요."

"미술 선생님이 붙인 이름이라고 허던디."

"아첨꾼이 붙였다는 말이군요."

"아니랑께요. 요시카와 선생님이 붙였당께요."

"그 마돈나가 고약하다는 말이군요?"

"그 마돈나가 고약한 마돈나라니께요."

"옛날부터 별명이 붙은 여자 중에는 제대로 된 여자가 없어요. 그러니 그럴지도 모르지요."

"참말이랑께요. '귀신 오마쓰'라든가 '달기 오햐쿠'처럼 참말로 무서운 여자들이 있당께요."*

"마돈나도 같은 부류인가요?"

"그 마돈나가 거시기 뭐시냐 선생님을 여기에 소개한 고가 선생님헌티 시집가기로 약조가 되어 있었는디 말이여라우……."

"이상하네요. 끝물 호박이 그런 여자 복이 있는 남자라고는 생각지도 못했어요. 사람은 겉보기만으로는 알 수 없군요. 다시 봐야겠어요."

"그란디 작년에 그 댁의 아부지가 돌아가셨어라. 그때까지는 돈도 있고 은행의 주식도 있고 혀서 상황이 좋았당께요. 근디 뭔 이

---

* 일본의 전통 연극 가부키 등에서 유명해진 여자 도둑들이다.

유에선지 갑자기 형편이 안 좋아졌어라우. 그랑께 고가 선상님이 너무 사람이 좋아서라우, 사기를 당한 것 같당께요. 이런저런 이유로 혼인이 미뤄지고 있는디, 거시기 교감 선상님이 오셔가지고 자기랑 혼인을 하자고 하고 있당께요."

"빨간 셔츠가 말입니까? 나쁜 인간 같으니. 처음부터 그 셔츠는 보통 셔츠가 아니라고 생각했는데. 그리고요?"

"사람을 시켜서 생각을 물어봤는디, 도야마 씨 댁에서도 고가 선상님과의 의리가 있는지라 바로는 대답을 할 수 없어서라우, 잘 생각해보겄다는 대답만 했다고 하드라고요. 그랬더니 빨간 셔츠가 뭔 수를 써서 도야마 씨 댁에 들락거리더니 결국은 거시기 뭣이냐, 아가씨를 꼬셔부렀당께요. 빨간 셔츠도 빨간 셔츠지만 아가씨도 아가씨라고 다덜 나쁘게 말하고 있어라우. 뭐시냐, 일단 고가 선상님이랑 혼인하기로 해놓고 지금에 와서 학사 선상이 나타났다고 혀서 그쪽으로 돌아서버렸당께요. 이래가꼬 하느님께 죄송해서 어찌케 얼굴을 들고 다니것어라우. 안 그라요?"

"정말 그러네요. 하느님뿐 아니라 땅님, 바다님에게도 죄송하겠는데요."

"참말로 딱한 고가 선상님을 대신 혀서 친구 홋타 선상님이 교감 선상님께 따지러 갔더니 빨간 셔츠가 '나는 약조가 된 처자를 빼앗을 생각이 없당께. 약조가 깨졌다면 몰라도. 지금은 도야마 씨 댁과 친하게 지내고 있을 뿐이랑께. 도야마 씨 댁과 친하게 지낼 뿐인디 고가 선상한테 뭐시 죄송스럽다요'라고 했는갑소. 홋타 선상님도 헐 수 없이 그냥 돌아왔다고 합디다. 빨간 셔츠와 홋타 선상님은 그 이후 사이가 겁나게 안 좋아졌다는 소문이 있어라우."

"참 여러 가지를 알고 계시네요. 어떻게 그렇게 자세히 알고 계세요?"

"아따, 동네가 좁지 않소. 그랑께 다 알아분당께."

너무 알아서 곤란할 정도다. 어쩌면 덴푸라나 경단 사건도 알고 있을지 모른다. 귀찮은 곳이다. 그러나 덕분에 마돈나의 의미도 알았고 센바람과 빨간 셔츠의 관계도 알았으니 여러모로 도움이 되었다. 다만 문제는 어느 쪽이 나쁜 사람인지 판단이 서지 않는다는 점이다. 나처럼 단순한 사람은 흑백을 분명히 해주지 않으면 어느 쪽 편을 들어야 할지 모른다.

"빨간 셔츠와 센바람, 어느 쪽이 좋은 사람인가요?"

"센바람이 뭐당가?"

"센바람이란 홋타 선생님이에요."

"세기는 홋타 선상님이 세보여도 빨간 셔츠는 학사 아니요. 그랑께 지위가 더 높겄제. 그라고 빨간 셔츠가 더 상냥허고. 근디 학생들 사이에서는 홋타 선상님 인기가 더 높당께."

"그러니까 어느 쪽이 더 좋단 말씀이세요?"

"그랑께 월급이 많은 쪽이 더 훌륭한 것 아니오?"

이래서야 질문을 한들 더는 소용이 없을 것 같아 그만두었다. 2, 3일 후 학교에서 돌아오니 할머니가 싱글벙글하며 "많이 기다리셨지라우. 이제사 도착했당께요" 하며 편지를 가져와서는 "찬찬히 읽으시쇼" 하고 건네주고 갔다. 기요의 편지였다. 부전지(附箋紙)가 두세 장 붙어 있기에 잘 보니 야마시로야에서 이카긴으로 갔다가 이카긴에서 하기노로 온 것이었다. 게다가 야마시로야에서 일주일 정도 머물렀던 모양이다. 여관이라 편지까지 머물게 할 작정이었나 보다. 열어보니 꽤 긴 편지였다.

도련님의 편지를 받고 바로 답장을 쓸 생각이었는데 감기에 걸려 일주일 정도 앓아눕는 바람에 답장이 늦었어요. 죄송해요. 게다가 요즘 처자들처럼 읽고 쓰는 것이 능숙하지 않아 이렇게 서툰 글씨인데도 쓰는데 상당히 힘들었어요. 조카에게 대필을 부탁할까도 했지만 모처럼 쓰는 편지인데 직접 쓰지 않으면 도련님께 죄송할 것 같아서 초안을 한 번 쓴 다음 정서했어요. 정서를 하는 데 이틀이 걸렸지만 초안을 쓰는 데는 나흘이 걸렸어요. 읽기 어려울지도 모르겠지만 열심히 쓴 편지이니 부디 끝까지 읽어주세요.

이렇게 시작하여 120센티미터나 되는 편지지에 빼곡히 적혀 있었다. 참으로 읽기 어려웠다. 글씨가 서툴 뿐만 아니라 대부분 히라가나*여서 어디서 끊고 어디서 시작해야 하는지 구별하는 것만으로도 힘이 들었다. 나는 성격이 급해서 이렇게 길고 읽기 어려운 편지는 5엔을 줄 테니 읽어달라고 부탁한다 해도 당장 거절했을 테지만 이때만큼은 진지하게 처음부터 끝까지 읽었다. 전부 읽기는 했지만 읽느라 너무 힘들어서 정작 내용은 파악하지 못했다. 그래서 처음부터 다시 읽어보았다. 방 안이 조금 어두워지니 처음보다 읽기 어려워서 결국 툇마루로 나와 주의 깊게 읽었다. 초가을 바람이 파초의 잎을 흔들며 내 쪽으로 불어왔다. 읽고 있던 편지가 바람에 나부꼈다. 손을 놓으면 앞쪽 울타리까지 날아갈 것만 같았다. 개의치 않고 계속 읽어나갔다.

> 도련님은 대쪽 같은 성격이지만 쉽게 화를 내는 것이 걱정입니다. 다른 사람에게 괜히 별명을 붙이면 원한을 사니 함부로 붙여서는 안 됩니다. 만약 붙였다면 기요한테만 편지로 알려주십시오. 시골 사람들은 나쁜 것 같으니 주의하여 험한 꼴을 당하지 않도록 하십시오. 기후도 도쿄보다는 좋지 않을 테니 잘 때 이불을 잘 덮고 감기에 걸리지 않도록 하세요. 도련님의 편지가 너무 짧아서 자세한 내용을 잘 모르겠으니 다음번에는 적어도 이 편지의 반 정도는 써서 보내십시오. 여관에 팁으로 5엔 준 것은 괜찮지만 나중에 곤란해질 수 있습니다. 시골에서 의지가 되는 것은 그래도 돈밖에 없으니 절약하십시오. 만일을 위해 대비해두지 않으면 안 됩니다. 용돈이 없어서 곤란할지도 모르니 소액환 10엔을 보냅니다. 도련님이 떠나기 전에 준 50엔을 도련님이 도쿄로 돌아와 집을 살 때 보태려고 우체국에 맡겨놓았는데 이 10엔을

* 일본 고유의 글자로 모두 50자이다.

빼도 아직 40엔이 남아 있어 괜찮습니다.

과연 여자란 세심하다.

내가 툇마루에서 바람에 나부끼는 기요의 편지를 들고 생각에 잠겨 있을 때 장지문을 열고 하기노 할머니가 저녁 밥상을 들고 왔다.

"워매, 아직도 읽고 계신갑소. 겁나게 긴 편진가 보네요"라고 하기에 "네, 소중한 편지여서 바람에 날리다가 읽고, 바람에 날리다 읽고 하고 있어요"라며 나도 무슨 말인지 모를 대답을 하고 밥상 앞에 앉았다. 밥상을 보니 오늘 저녁 반찬도 고구마 조림이다. 이곳은 이카긴보다 정중하고 친절하고 게다가 품위도 있지만 음식은 맛이 없었다. 어제도 고구마, 그제도 고구마, 오늘 저녁도 고구마다. 비록 고구마를 좋아한다고 말했지만 고구마만 먹다가는 목숨을 부지할 수 없을 것이다. 끝물 호박을 비웃었는데 머지않아 내가 끝물 고구마 선생이 될 것 같다. 기요라면 이럴 때 내가 좋아하는 참치회나 어묵에 간장을 발라 구워줬을 텐데……. 가난한 구두쇠 사족이다 보니 어쩔 수가 없다. 아무리 생각해도 기요와 같이 살아야 할 것 같다. 만약 이 학교에 오래 있게 된다면 도쿄에서 불러와야겠다. 덴푸라 메밀국수를 먹어도 안 되고 경단을 먹어도 안 된다. 게다가 하숙집에서 고구마만 먹어서 얼굴이 누렇게 떴으니 교육자의 길이란 멀고도 험하구나. 절에 있는 중도 나보다는 나을 테지. 나는 고구마 한 접시를 먹고 책상 서랍에서 달걀 두 개를 꺼내 밥그릇 모서리에 딱딱 깨서 먹었다. 이렇게라도 하지 않으면 영양분이 부족해서 주 21시간의 수업을 할 수 없을 것이다.

오늘은 기요의 편지 때문에 온천에 가는 시간이 늦었다. 그래도 매일 가다가 하루라도 빠뜨리면 마음이 편치 않다. 기차라도 타고 갈 생각으로 빨간 수건을 들고 정류장에 도착하니 이미 2, 3분 전에 차가 출발하여 잠시 기다려야 했다. 벤치에 앉아 궐련을 피우고 있는데 마침 끝물 호박이 왔다. 나는 조금 전에 이야기를 들은 터라 끝물 호박이 더욱 딱해 보였다. 평소에도 얹혀사는 사람처럼 몸을 웅크리고 있는 것이 몹시 안돼 보였는데 오늘 밤은 안돼 보이다 못해 애처롭기까지 했다. 가능하다면 월급을 두 배로 올려주고 도야마 아가씨와 내일이라도 당장 결혼시켜 한 달 정도 도쿄에서 놀다 오라고 하고 싶었다. "온천에 가시나 봅니다. 이쪽에 앉으시지요" 하고 기꺼이 자리를 양보하자 끝물 호박은 몹시 미안하다는 듯이 "괜찮습니다" 하고 사양하더니 계속 서 있었다. "차가 지금 떠나서 기다려야 해요. 힘드시니 앉으세요" 하고 권했다. 실은 어떻게 해서든 내 옆에 앉히고 싶을 정도로 애처로워 보였다. "그럼 실례하겠습니다" 하고 잠시 내가 하는 말을 들어주었다.

세상에는 아첨꾼처럼 낄 자리 안 낄 자리 구분 못하고 나대는 자도 있고 센바람처럼 내가 없으면 이 나라가 안 돌아간다는 얼굴을 하고 다니는 자도 있다. 그런가 하면 빨간 셔츠처럼 머릿기름을 바른 기생오라비 같은 자도 있다. 교육이라는 것이 살아서 프록코트*를 입는다면 바로 자신이 된다고 생각하는 너구리도 있다. 모두 자신이 잘났다고 으스대는데 이 끝물 호박 선생처럼 있는지 없는지 존재감도 없이, 볼모로 잡혀온 사람처럼 얌전히 있는 사람을 본 적이 없다. 얼굴은 부어 있지만 이런 괜찮은 남자를 버리고 빨간 셔츠에게 넘어가다니 마돈나도 뭘 모르는 여자다. 빨간 셔츠가 수십 명 있어도 이만큼 훌륭한 남편감은 되지 못할 것이다.

"선생님은 어디가 불편하신 것 아닌가요? 꽤 힘들어 보이는데요……."

"아니요. 특별히 지병은 없습니다만……."

"그렇다면 다행이네요. 몸이 아프면 큰일이지요."

"선생님은 건강해 보이는군요."

"네, 마른 편이지만 아픈 데는 없습니다. 저는 아픈 게 제일 싫거든요."

끝물 호박은 내 말을 듣고 소리 없이 웃었다.

그때 입구에서 젊은 여자의 웃음소리가 들려오기에 아무 생각 없이 돌아보니 엄청난 미인이었다. 얼굴은 하얗고 서양식 머리 모양에 키가 큰 미인으로 마흔 대여섯으로 보이는 부인과 함께 매표소 창구 앞에 서 있었다. 나는 미인에 대한 표현법을 모르는 남자여서 표현하기 어렵지만 정말 아름다웠다. 향수로 수정 구슬을 데워서 손에 쥐고 있는 기분이었다. 나이 든 쪽은 키가 작았지만 얼굴이 닮은 것을 보니 엄마와 딸일 것이다. 나는 끝물 호박은 완전

---

* 서양식 남자 예복의 하나다.

히 잊은 채 아름다운 여인 쪽만 보고 있었다. 그때 끝물 호박이 갑자기 벌떡 일어나더니 천천히 여자들 쪽으로 걸어가서 놀랐다. 나는 마돈나가 아닐까 하고 생각했다. 세 사람은 매표소 앞에서 가볍게 인사를 했다. 나는 멀리 있었기 때문에 말하는 소리는 들리지 않았다.

정류장의 시계를 보니 기차가 출발하기까지 5분 남았다. 얘기할 상대가 없어진 나는 '빨리 기차가 오면 좋을 텐데' 하고 생각했다. 그때 한 사람이 급히 대합실 안으로 뛰어들어왔다. 빨간 셔츠였다. 하늘거리는 기모노에 주름 잡힌 비단 띠를 단정하지 못하게 매고 언제나처럼 금 시곗줄을 늘어뜨리고 있었다. 저 금 시곗줄은 가짜다. 빨간 셔츠는 아무도 모를 것이라고 생각하고 자랑스럽게 늘어뜨리고 다니지만 나는 잘 알고 있다. 빨간 셔츠는 뛰어들어오자마자 주위를 두리번거리다가 매표소 앞에서 이야기를 나누고 있는 세 사람에게 정중히 인사를 하고 몇 마디 하더니 나를 발견하고는 고양이 걸음으로 걸어왔다. "선생님도 온천에 가십니까? 저도 늦었나 싶어 서둘러 왔는데 아직 3, 4분 남았군요. 저 시계가 맞는지 모르겠네요" 하더니 자신의 금시계를 꺼내서 "2분 틀리네요"라고 말하며 내 옆에 앉았다. 여자들 쪽은 쳐다보지도 않고 지팡이에 턱을 괸 채 앞만 바라보고 있었다. 나이 든 부인은 때때로 빨간 셔츠를 봤지만 젊은 쪽은 옆만 보고 있다. 분명 그 여인은 마돈나였다.

이윽고 기적 소리가 울리더니 기차가 도착했다. 기다리던 사람들은 줄줄이 앞다투어 기차에 탄다. 빨간 셔츠는 제일 먼저 일등칸에 올라탔다. 일등석에 탄다고 뽐낼 일은 못 된다. 이렇게 말하는 나조차도 하얀 일등석 차표를 손에 쥐고 있으니 말이다. 하긴 시골 사람들은 구두쇠여서 겨우 2전 차이인데도 아까워서 대부분 이등칸에 탄다. 빨간 셔츠의 뒤를 이어 마돈나와 마돈나의 엄마가 일등칸에 올라탔다. 끝물 호박은 항상 이등칸만 탔다. 그가 이등칸 입구에서 머뭇거리는 듯하더니 내 얼굴을 보자마자 결심한 듯 올라탔다. 나는 이때 왠지 끝물 호박이 가여워서 그를 따라 이등칸에 올라탔다. 일등칸 차표를 가지고 이등칸을 탔다고 뭐라 할 사람은 없었다.

온천에 도착하여 3층에서 유카타 차림으로 욕탕에 내려갔다가 또 끝물 호박을 만났다. 나는 회의 같은 공식 자리에서는 말문이 막혀 아무 말도 못하지만 평소에는 말을 꽤 하는 편이라 욕탕 안에서 끝물 호박에게 이런저런 말을 걸어보았다. 그가 너무 애처롭게 보여서 이럴 때 말 한 마디로라도 상대방의 마음을 위로해주는 것이 도쿄 토박이의 의리라고 생각했다. 그러나 공교롭게도 끝물 호박은 내 마음을 몰라주었다. 무슨 말을 해도 "예"나 "아니오"라고 대답했다. 게다가 그 "예"나 "아니오"라는 대답조차 귀찮아하는 듯해서 결국 내가 입을 다물고 말았다.

욕탕 안에서는 빨간 셔츠와 만나지 않았다. 온천은 많이 있으니 같은 기차를 타고 왔다고 해서 같은 온천에서 만나라는 법은 없다. 크게 이상하다고 생각하지 않았다. 온천에서 나와보니 달이 밝았다. 마을 길 옆에 늘어선 버드나무 가지가 둥근 그림자를 길에 드리우고 있었다. 잠시 산책이나 할까 싶어 북쪽으로 올라가 마을 밖으로 나가보니 왼쪽에 커다란 문이 있고 문 안쪽에 절이 있는데 양쪽에 유곽이 있었다. 절 옆에 유곽이 있다니 전대미문의 일이다. 잠깐 들어가보고 싶었지만 또 회의 시간에 너구리에게 지적당할지도 모르니 그냥 지나쳤다. 늘어선 가게들 중에 검은 노렌*을 드리운 작은 격자창이 있는 단층집이 내가 경단을 먹고 지적을 당한 집이다. 단팥죽, 떡국 등이 쓰여 있는 둥근 초롱이 매달려 있었는데 처마 근처에 있는 버드나무 가지를 비추고 있었다. 먹고 싶었지만 참고 지나쳤다.

먹고 싶은 경단도 먹지 못하다니 참담하다. 그러나 자신의 약혼자가 다른 사람에게 마음을 준 것은 더욱 참담한 일이다. 끝물 호박을 생각하니 경단은커녕 3일 정도 단식을 해도 부족하다. 그러고 보면 사람만큼 못 믿을 것도 없다. 여자 얼굴을 보면 나쁜 짓 할 사람은 아닌 듯한데 예쁘장한 얼굴의 여인은 몰인정하고 끝물 호박 같은 얼굴의 고가 선생은 선량한 군자이니 알 수 없는 세상이다. 시원시원한 성격이라고 생각했던 센바람은 학생들을 선동했다고 하고, 학생들을 선동했나 싶었는데 학생들을 엄하게 다스려야 한다고 교장에게 주장하고, 불쾌하게 여긴 빨간 셔츠는 의외로 친절하여 나에게 넌지시 주의를 주나 싶더니 마돈나를 꾀고, 마돈나를 꾀나 싶더니 고가 선생이 파혼하지 않으면 결혼은 원치 않는

* 출입구에 상점 이름을 써넣어 드리운 천이다.

다고 하고, 이카긴은 트집을 잡아 나를 쫓아내더니 즉시 아침꾼이 내가 쓰던 방을 차지하고, 아무리 생각해도 요지경 속이다. 이런 일을 기요에게 적어 보내면 분명 놀라 자빠질 것이다. 하코네*를 지난 곳이니 괴물들이 모여 산다고 할지도 모른다.

나는 무사태평한 성격이어서 지금까지 별 탈 없이 지내왔지만 여기 온 지 거의 한 달 사이에 갑자기 세상이 무서워졌다. 특별히 큰 사건이 있었던 것도 아닌데 벌써 대여섯 살 늙어버린 듯하다. 빨리 정리하고 도쿄로 돌아가는 것이 좋겠다고 생각했다. 이런저런 생각을 하는 사이에 노제리 강둑까지 나왔다. 강이라고 하면 규모가 클 것 같지만 어른 키만 한 강폭에 물이 졸졸 흐르는 정도다. 강둑을 따라 1.3킬로미터쯤 내려가면 아이오이 마을이 나오고 마을에는 관음상이 있다.

온천가를 뒤돌아보니 빨간 등이 달빛 가운데 빛나고 있다. 북소리가 들려오는 곳은 분명 유곽이 틀림없다. 강은 얕지만 물살이 빨라 몹시 반짝거린다. 어슬렁어슬렁 강둑을 따라 300미터 정도 걸었을 때 앞쪽에 사람 그림자가 보였다. 달빛에 보니 그림자는 두 개였다. 온천에 왔다가 마을로 돌아가는 젊은이들일지 모른다. 그런데 노래도 부르지 않고 너무 조용하다.

---

* 에도 시대에는 도쿄로 드나드는 관문이 있었다. 이곳에서 통행을 단속했는데 특히 여성의 통행을 엄격히 통제했다. 이 작품이 쓰인 당시에도 도쿄에 사는 여성이 하코네를 지나 다른 지역으로 간다는 것은 쉬운 일이 아니었기 때문에 이같이 표현했다.

계속 걷다 보니 내 걸음이 빨랐던지 두 사람의 그림자는 점점 커졌다. 한 사람은 여자인 듯했다. 20미터쯤 거리가 좁혀지자 내 발소리를 듣고 남자가 뒤돌아보았다. 달빛은 내 뒤에서 비치고 있었다. 그때 남자의 모습을 보니 의아한 생각이 들었다. 나는 전속력으로 뒤쫓기 시작했다. 두 사람은 아무런 눈치도 채지 못하고 처음처럼 천천히 걷고 있었다. 이제 말소리도 또렷이 들린다. 강둑의 넓이는 1.8미터 정도로 세 사람이 나란히 걸을 수 있었다. 나는 어려움 없이 두 사람을 따라잡아 남자 옆을 두 걸음쯤 앞섰을 때 발걸음을 홱 돌려 남자의 얼굴을 들여다보았다. 달빛은 정면으로 짧은 머리에서 턱 언저리까지 내 얼굴을 인정사정없이 비췄다. 남자는 "아" 하고 작은 소리를 내더니 재빨리 얼굴을 돌려 "이제 돌아갑시다" 하고 여자를 재촉하여 온천가 쪽으로 발걸음을 돌렸다.

빨간 셔츠는 뻔뻔스럽게 어물쩍 넘길 생각인가 아니면 소심해서 인사를 못한 것인가. 동네가 좁아서 곤란한 것은 나뿐만이 아니었다.

8

빨간 셔츠의 권유로 낚시를 다녀온 날부터 센바람을 의심했다. 없는 일을 트집 잡아 하숙집에서 나가라고 했을 때는 정말로 괘씸한 놈이라고 생각했다. 그런데 회의 자리에서는 뜻밖에도 학생들을 엄벌해야 한다고 강력히 주장했기 때문에 '어라?' 하고 고개를 갸웃했다. 하기노 할머니한테 센바람이 끝물 호박을 위해 빨간 셔츠와 담판을 벌였다고 들었을 때는 감탄해서 박수를 쳤다. 그렇다면 나쁜 사람은 센바람이 아니라 빨간 셔츠다. 그가 그릇된 사실을 진짜인 것처럼 우회적으로 내 머릿속에 심어놓은 것이 아닌가. 이런 의심이 들던 차에 노제리 강둑에서 마돈나와 함께 산책하고 있는 모습을 보았고 그 이후 빨간 셔츠는 신뢰할 수 없는 인물이라고 결론 냈다. 물론 확신할 수는 없지만 착한 사내는 아니다. 겉과 속이 다르다. 사람은 대나무처럼 곧아야 한다. 곧은 사람은 싸움을 해도 기분이 좋다. 빨간 셔츠처럼 상냥하고 친절하고 고상하고 호박 파이프를 자랑하듯 닦는 자는 속마음을 알 수 없다. 좀처럼 싸움도 할 수 없다. 싸움을 한다 해도 에코인의 스모 대회*처럼 기분 좋게 싸울 수 없다. 생각해보니 1센 5린 때문에 교무실을 떠들썩하게 한 센바람이 훨씬 인간답다. 회의 때에 눈을 동그랗게 뜨고 나를 노려볼 때는 얄미운 놈이라고 여겼지만 나중에 생각해보니 빨간 셔츠의 끈적끈적하고 간지러운 목소리보다 낫다. 실은 그 회의가 끝난 뒤에 화해를 하려고 한두 마디 말을 걸어보았지만 녀석은 대답도 하지 않고 눈알을 부라렸기 때문에 나도 화가 나서 그만두었다.

이후 센바람은 나에게 말을 걸지 않는다. 그때 돌려준 1센 5린은 아직도 책상 위에 있다. 먼지를 뒤집어쓴 채 놓여 있다. 물론 나는 다시 집어넣을 수 없다. 센바람도 결코 가져가지 않았다. 이 1센 5린이 두 사람 사이의 장벽이 되어 나는 말을 걸고자 해도 입이 떨어지지 않았다. 센바람은 완고하게 아무 말도 하지 않았다. 저주스러운 1센 5린이다. 나중에는 학교에 나와 1센 5린을 보는 것이 괴로웠다.

센바람과 내가 절교 상태인 반면 빨간 셔츠와 나는 여전히 이전과 같은 관계를 지속하고 있었다. 노제리 강둑에서 만난 다음 날에는 학교에 오자마자 내 옆에 오더니 "선생님, 이번 하숙은 괜찮아

---

* 에코인은 현재 도쿄 스미다구에 있는 정토종 절로, 에도 시대부터 경내에서 권화(절이나 불상 건립, 보수를 위한 보시) 스모 대회를 열었다.

요? 같이 러시아 문학을 낚으러 갑시다" 하며 이런저런 말을 걸었다. 나는 조금 얄미워서 "어제는 두 번 만났지요?"라고 물었더니 "네, 역에서……. 선생님은 늘 그 시간에 외출하나요? 너무 늦은 시간 아닌가요"라고 응수했다. "노제리 강둑에서도 만났지요"라고 말꼬리를 잡았더니 "아니요. 그쪽에는 가지 않았어요. 온천에 갔다가 바로 돌아갔어요"라고 대답했다. 그렇게까지 숨기지 않아도 될 텐데. 실제로 만나지 않았는가. 거짓말을 잘도 하는 남자다. 이런 자가 중학교 교감이라면 나는 대학 총장도 될 수 있을 것이다. 나는 이때부터 완전히 빨간 셔츠를 신뢰하지 않게 되었다. 신뢰하지 않는 빨간 셔츠와는 말을 하고 존경해 마지않는 센바람과는 말을 하지 않는다. 세상은 참으로 묘하다.

어느 날 빨간 셔츠가 나에게 할 말이 있다며 자기 집에 오라고 하기에 온천에 못 가는 것이 아쉽기는 했지만 하루 빠지기로 하고 오후 4시쯤 찾아갔다. 빨간 셔츠는 독신이지만 교감인 만큼 하숙 생활을 일찌감치 청산하고 멋진 현관이 있는 집에 살고 있었다. 집세는 9엔 50전이라고 한다. 시골에서 이 돈을 내고 이렇게 으리으리한 집에서 살 수 있다면 나도 마음먹고 도쿄에서 기요를 불러 기쁘게 해주고 싶다는 생각을 했다. "실례합니다" 했더니 빨간 셔츠의 동생이 나왔다. 이 동생은 학교에서 나에게 대수와 산술을 배우는데 상당히 공부를 못하는 편이다. 그런 주제에 타지에서 온 녀석이라 그런지 시골에서 나고 자란 아이들보다 질이 더 안 좋았다.

빨간 셔츠를 만나 용건을 물으니 매캐한 담배 냄새가 나는 호박 파이프를 물고 이렇게 말했다.

"선생님이 온 뒤로 전임자 때보다 성적이 많이 올라서 교장 선생님도 좋은 사람이 왔다고 기뻐하십니다. 학교에서 신망을 받고 있으니 더 열심히 해주십시오."

"네? 그렇습니까? 열심히 하라고 해도 지금보다 열심히 할 수 없습니다만……."

"지금 정도면 충분합니다. 다만 저번에 이야기한 것만 잊지 않으면 됩니다."

"지금 하숙집이나 소개해준 사람은 위험하다는 말씀인가요?"

"그렇게 노골적으로 말하면 곤란합니다만, 어쨌거나 의미는 통한 것 같네요. 그리고 선생님이 지금처럼 열심히 해주시면 학교에서도 생각하고 있으니 형편이 조금 더 좋아지면 월급도 다소 올려줄 수 있을 것 같습니다만."

"네? 월급 말씀입니까? 월급 따위야 어떻든 상관없습니다만 오르면 오를수록 좋지요."

"마침 이번에 전근 가는 선생님이 있습니다. 물론 교장 선생님과 얘기해봐야겠지만, 그 월급에서 조금은 융통할 수 있을지도 모르겠어요. 한번 교장 선생님께 말씀드려볼게요."

"고맙습니다. 누가 전근 가시나요?"

"곧 발표할 테니까 얘기해도 상관없겠네요. 사실은 고가 선생님입니다."

"고가 선생님은 여기가 고향이잖아요?"

"그렇기는 한데 조금 사정이 있어서……. 반쯤은 자신이 희망한 거예요."

"어디로 가시나요?"

"휴가의 노베오카입니다. 먼 지역이라서 한 호봉 올려서 가게 됐어요."

"누가 후임자로 오나요?"

"후임자도 대강 정해졌어요. 그 대신에 선생님 월급이 오르는 거죠."

"잘된 일이지만 무리해서 올려주지 않아도 됩니다."

"어쨌거나 저는 교장 선생님께 말씀드려볼 생각입니다. 교장 선생님도 동의하시겠지만 그렇게 되면 선생님도 조금 더 일해야 될지도 모르니 그리 알고 계세요."

"지금보다 수업 시간이 많아진다는 말인가요?"

"아니요. 시간은 지금보다 줄어들지 모릅니다만……."

"시간이 줄어드는데 일은 더 한다는 말씀인가요? 이상하네요."

"얼핏 들으면 이상하지만…… 지금 분명히 말하기는 곤란하지만……, 그러니까 선생님에게 더 중대한 책임을 맡길지도 모른다는 의미입니다."

나는 전혀 이해가 가지 않았다. 지금보다 중대한 책임이라고 하면 수학 주임일 텐데, 주임은 센바람이고 그 작자는 사직할 생각이 전혀 없었다. 게다가 학생들이 가장 좋아하고 따르는 선생님이라 전근을 보내거나 면직시키는 것은 학교에 득이 될 것이 없다. 빨간 셔츠의 말은 늘 애매모호하다. 애매모호했지만 용건은 이것으로 끝났다. 그리고 잠시 잡담을 나누었다. 끝물 호박의 송별회 이야기도 하고 나에게 술을 마시냐고 묻기도 하고 끝물 호박 선생은 군자여서 아낀다는 둥 빨간 셔츠는 여러 이야기를 했다. 마지막에는 화제를 바꿔 하이쿠에 관심이 있느냐고 묻기에 '이거 큰일이다' 싶어 "하이쿠는 잘 모릅니다. 그럼 가보겠습니다" 하고 서둘러 돌아왔다. 하이쿠는 바쇼*나 에도 시대의 이발소 주인이나 하는 것이다. 수학 교사가 나팔꽃에 두레박을 빼앗겨서야 되겠는가.**

집에 돌아와 깊은 생각에 잠겼다. 세상에는 참으로 알 수 없는 남자가 있다. 집은 물론 근무하는 학교도 뭐 하나 부족할 것 없는 고향이 싫어졌다며 전혀 모르는 타향으로 사서 고생을 하러 가다니. 그것도 전차가 다니는 번화한 곳도 아니고 휴가의 노베오카라니. 나는 선착장이 가까운 곳에 왔는데도 한 달이 채 되기도 전에 돌아가고 싶어졌다. 노베오카는 오지 중에 오지다. 빨간 셔츠가 말하기를, 배에서 내려 하루 종일 마차를 타고 미야자키로 가서 미야자키에서 또 하루 종일 인력거를 타고 가야만 하는 곳이라고 했다. 원숭이와 사람이 반반 섞여 살고 있을 것만 같다. 아무리 성인 같은 끝물 호박이지만 자진해서 원숭이의 상대가 되고 싶지는 않을 텐데 별난 사람이다.

---

* 에도 시대의 하이쿠 시인이다.

** 카가노 치요조의 하이쿠 〈나팔꽃에 두레박을 빼앗겨서 (이웃집에서) 얻어온 물〉을 인용했다.

그때 할머니가 저녁상을 들고 왔다.

"오늘도 또 고구마예요?" 하고 물어보았더니 "아니랑께요. 오늘은 두부랑께요"라고 했다. 고구마나 두부나.

"할머니, 고가 선생이 휴가로 간다면서요."

"참말로 안됐당께."

"안됐어도 좋아서 가는 것이니 어쩔 수가 없잖습니까."

"좋아서 간다고라우? 누가 그라요?"

"누가 그러기는요. 당사자가 그러지요. 고가 선생이 별난 사람이라 가는 것 아닌가요?"

"선상님은 아무것도 모른당께요."

"빨간 셔츠가 그렇게 말했어요. 사실이 아니라면 빨간 셔츠는 보통 거짓말쟁이가 아니네요."

"교감 선상님이 그렇게 말하는 것도 틀린 말은 아니지만서도 고가 선상님이 가고 싶지 않아 하는 것도 틀린 말은 아니랑께요."

"그렇다면 두 사람 모두 맞다는 말이네요. 할머니는 공평해서 좋겠어요. 대체 어떻게 된 일인가요?"

"오늘 아침 고가 선상님의 어무이헌티 얘기를 들었당께요."

"어떤 얘기를 들었는데요?"

"그 댁도 아부지가 돌아가신 뒤로 생활이 쪼까 어려워졌는갑소. 그라서 그 댁 어무이가 교장 선상님께 4년이나 근무하고 있은께 월급을 쪼깨 올려달라고 부탁을 했다고 허드라고요."

"그렇군요."

"교장 선상님이 잘 생각해보겄다고 허드라고요. 그랴서 그 댁 어무이도 안심허고 돌아가서 기별을 기다리고 있는디 교장 선상님이 고가 선상님을 불렀당께요. 가보니께 교장 선상님이 '미안허지만 핵교에는 돈이 없은께 월급은 올려줄 수 없당께. 마침 노베오카에 자리가 났는디 거기라믄 매월 5엔씩 더 줄 것이니께 바라는 대로 되었구먼. 수속은 해두었으니께 가기만 하믄 된당께'라고 했당께요."

"상담이 아니라 명령 아닙니까?"

"그랑께요. 고가 선상님이 '다른 데 가서 월급이 오르는 것보다는 월급을 안 올려주셔도 되니께 여기 있겄습니다. 집도 있고 어무이도 있은께' 하고 부탁했지만 '벌써 정해졌당께. 고가 선상님 후임으로 올 사람도 정해졌으니 어쩔 수 없당께'라고 교장 선상이 말했다고 허드라고요."

"아주 사람을 바보 취급하는군요. 그러니까 고가 선생님은 가고 싶은 마음이 없다는 말이군요. 어쩐지 이상하다고 생각했어요. 5엔 정도 월급을 더 올려준다고 저 산속에 원숭이를 상대하러 갈 벽창호는 없으니까요."

"벽창호는 선상님이랑께요."

"그건 상관없지만, 전적으로 빨간 셔츠의 책략이군요. 비열한 처사네요. 그야말로 골탕을 먹인 꼴이군요. 그것으로 내 월급을 올려준다니 이런 고약한 일이 또 어디 있을까. 누가 올려받는다고 했나."

"선상님은 월급이 오른당까요?"

"올려준다고 하는데 거절할 생각입니다."

"뭐 땜시 거절한당까?"

"어쨌든 거절할 겁니다, 할머니. 빨간 셔츠는 바보예요. 비겁하기도 하고요."

"비겁해도 선상님, 월급을 올려준다는디 암 소리 말고 받아두는 것이 좋지 않겄소. 젊었을 적에는 화나는 일도 많지만 나이 들어 생각해보면 쪼깐 참았으면은 됐을 것을 괜히 화를 내서 손해를 봤구나 하고 후회를 헌다니께. 이 할멈 말 듣고, 빨간 셔츠 선상님이 월급을 올려준다고 하면 감사히 받으랑께."

"쓸데없는 참견하지 마세요. 월급이 오르든 깎이든 제 월급이니까요."

할머니는 아무 말도 않고 물러갔다. 할아버지는 태평스럽게 우타이를 부르고 있다. 우타이는 읽으면 알 수 있는 것을 괜히 어려운 음을 붙여서 일부러 어렵게 만든 것이다. 그런데도 매일 질리지도 않고 부르는 할아버지의 심정을 모르겠다. 지금 우타이 운운하고 있을 때가 아니다. 월급을 올려준다기에 그다지 필요치 않았지만 남는 돈을 그냥 두는 것도 아깝다는 생각에 승낙했지만, 전근가기 싫다는 사람을 억지로 전근 보내고 그 선생의 월급에서 남은 돈으로 월급을 올려준다니 그런 인정머리 없는 짓이 어디 있는가. 당사자는 그냥 있고 싶다는데 노베오카까지 전근 가게 하다니 대체 무슨 꿍꿍이인가. 중상모략으로 다자이후 차관으로 좌천된 스가와라노 미치자네조차도 하카타 부근에 머물렀고 동료의 동생을 죽인 가와이 마타고로*도 사가라**에서 멈추지 않았는가. 하여간 빨간 셔츠의 집으로 가서 월급 인상을 거절하고 오지 않으면 마음이 풀리지 않을 것 같다.

하카마를 입고 다시 외출했다. 커다란 현관 앞에서 버티고 서서 "실례합니다"라고 하자 또 남동생이 나왔다. 내 얼굴을 보더니 '또 왔나' 하는 눈빛이었다. 용무가 있으면 두 번이고 세 번이고 올 것이다. 한밤중이라도 깨울지 모른다. 교감의 비위나 맞추러 온 사람이라고 오인한 것인가. 이래 봬도 월급 인상을 거절하러 온 사람이다. 남동생이 지금 안에 손님이 와 있다고 하기에 현관 앞이라도 괜찮으니 잠깐 만나고 싶다고 했다. 그러자 안으로 들어갔다. 현관에는 뒷굽이 높은 천박한 게다가 있었다. 안에서 "이제 됐어요" 하는 남자의 목소리가 들린다. 손님이란 아첨꾼이었다. 아첨꾼이 아니고서야 누가 저런 새된 소리를 내고 기생 같은 게다를 신겠는가.

한참을 기다리니 빨간 셔츠가 램프를 들고 현관까지 나와 "들어오세요. 다른 사람이 아니라 요시카와 선생이에요"라고 하기에 "아니요. 여기서 충분합니다. 잠깐이면 됩니다" 하고 빨간 셔츠의 얼굴을 보니 긴토키***처럼 붉다. 아첨꾼과 한잔한 모양이다.

---

* 오카야마의 번사(藩士)로 동료 와타나베 가즈마의 동생을 죽이고 도주했지만 가즈마와 그의 형 아라키 마타에몬에게 죽음을 당했다.

** 현재의 구마모토현 히도요시시를 말하며 가와이 마타고로가 사가라에서 죽음을 당했다.

*** 헤이안 후기의 무사인 사카타노 긴토키를 말한다.

"조금 전에 제 월급을 올려준다고 하셨는데, 생각이 바뀌어서 거절하러 왔습니다."

빨간 셔츠는 램프를 내밀어 내 얼굴을 응시하더니 어떻게 반응해야 좋을지 모르겠다는 듯 멍하니 있었다. 이 세상에 월급 인상을 거절하는 녀석이 있다는 것이 이상했는지, 아니면 아무리 거절한다고 해도 돌아갔다가 다시 온 것이 어이가 없었는지, 그것도 아니면 둘 다인지 입을 묘하게 일그러뜨린 채 서 있었다.

"조금 전에 승낙한 것은 고가 선생이 원해서 전근 간다는 이야기여서……."

"고가 선생은 전적으로 자신이 원해서 전근 가는 겁니다."

"그렇지 않습니다. 여기 있고 싶어 합니다. 월급을 올려주지 않아도 좋으니 고향에 있고 싶은 겁니다."

"선생이 고가 선생한테 들었나요?"

"물론 당사자에게 들은 건 아닙니다."

"그러면 누구에게 들었나요?"

"하숙집 할머니가 고가 선생의 어머니에게 들은 것을 오늘 저에게 이야기해주었습니다."

"그러니까 하숙집 할머니가 그렇게 말한 거네요?"

"그렇습니다."

"실례지만 말이 조금 이상하군요. 선생이 말한 대로라면 하숙집 할머니 말은 믿을 수 있지만 교감인 내 말은 못 믿겠다는 말로 들리는데, 그런 의미로 해석해도 될까요?"

나는 순간 난처해졌다. 문학사는 역시 대단하다. 생각지 못한 곳에서 말꼬리를 잡더니 끈질기게 공격해온다. 나는 아버지한테서 "너는 덜렁대서 탈이다. 탈이야"라는 말을 자주 들었는데 그 말이 맞았다. 할머니의 말을 듣고 깜짝 놀라 달려왔지만 실은 끝물 호박이나 끝물 호박의 어머니를 만나 자세한 사정을 듣지는 못했다. 그러니 문학사의 공격을 막아내지 못하는 것이다.

정면으로는 막아내기 어렵지만, 나는 이미 마음속으로 빨간 셔츠는 못 믿을 사람이라고 단정 지었다. 하숙집 할머니도 구두쇠에 욕심쟁이지만 거짓말은 하지 않는 사람으로 빨간 셔츠처럼 겉과 속이 다르지는 않다. 나는 어쩔 수가 없어서 이렇게 대답했다.

"교감 선생님의 말이 맞는지도 모르지만, 어쨌거나 월급 인상은 거절하겠습니다."

"그렇다면 더욱 이상하군요. 지금 선생이 일부러 다시 온 것은 월급 인상에 대한 불합리한 이유를 찾았기 때문이에요. 하지만 그 이유가 지금 내 설명으로 사라졌는데도 월급 인상을 거절하는 것이 이해가 안 되네요."

"이해하지 못한다 해도 저는 거절하겠습니다."

"그렇게 싫다면 억지로 강요하지는 않겠습니다만 두세 시간 사이에 특별한 이유도 없이 표변해버리면 앞으로 선생을 어떻게 신뢰하겠어요?"

"신뢰하지 않아도 상관없습니다."

"그렇지 않아요. 인간에게 믿음만큼 소중한 것은 없어요. 설사 지금 한 발 양보해서 하숙집 할아버지가…….”

“할아버지가 아니라 할머니입니다.”

“어느 쪽이든 상관없어요. 하숙집 할머니가 선생에게 한 말이 사실이라고 칩시다. 선생의 월급을 올려주는 건 고가 선생의 월급에서 뺀 것이 아니에요. 고가 선생은 노베오카에 갑니다. 그리고 그 후임자는 고가 선생보다 다소 적은 월급으로 옵니다. 결국 남는 것을 선생에게 주는 것이니 선생은 누구에게도 미안해할 필요가 없어요. 고가 선생은 지금보다 좋은 대우를 받고 노베오카로 가는 것이고 후임자는 고가 선생보다 적은 월급으로 오는 거예요. 그래서 선생의 월급이 오르는 것이니 이보다 좋은 일이 어디 있겠어요? 싫다면 할 수 없지만 집에 가서 다시 한번 생각해보세요.”

나는 머리가 썩 좋은 편이 아니라서 평소 같으면 상대의 이 같은 교묘한 말에 “아, 그렇습니까. 그렇다면 제가 오해했군요” 하고 미안해하며 물러났겠지만 오늘 밤은 그럴 수가 없었다. 이곳에 처음 왔을 때부터 빨간 셔츠는 왠지 마음에 들지 않았다. 친절한 여자 같은 남자라고 생각한 적도 있지만 친절하지도 않으니 그렇게 생각했던 것만큼 더 싫어졌다. 빨간 셔츠가 아무리 뛰어난 논리로 자신의 주장을 펼치든 교감의 권위로 나를 꼼짝 못하게 하든 그런 것은 상관없다. 논리적이라고 좋은 사람은 아니다. 꼼짝 못하는 사람이 나쁜 사람은 아니다. 겉으로 보기에는 빨간 셔츠가 옳아 보이지만, 겉이 아무리 멋지다고 해도 사람의 마음까지 가져갈 수는 없다. 돈이나 권력이나 논리로 사람의 마음을 살 수 있다면 사람들은 고리대금업자나 순사나 대학교수 같은 사람들을 가장 좋아해야 한다. 중학교 교감 정도의 논법으로 어떻게 내 마음을 움직이겠는가. 사람은 좋고 싫은 감정으로 움직이는 존재이지 논리로 움직이는 존재가 아니다.

나는 "교감 선생님이 하는 말씀도 옳지만 저는 월급 인상이 싫으니 거절하겠습니다. 생각해봐야 결과는 마찬가지입니다. 안녕히 계세요"라는 말을 남기고 문밖으로 나왔다. 머리 위에는 은하수가 흐르고 있었다.

9

끝물 호박의 송별회가 있는 날 아침 학교에 갔더니 센바람이 갑자기 말을 걸었다.

"얼마 전에 이카긴 씨가 와서 자네의 도리에 벗어난 행동 때문에 곤란하니 나가라는 말을 전해달라기에 나는 진짜로 그런 줄 알고 자네에게 나가라고 했던 것이네. 나중에 물어보니 그놈은 가짜 글씨나 그림에 가짜 낙관을 찍어서 강매하는 나쁜 놈이라고 하더군. 자네에 대한 말도 엉터리였네. 자네에게 족자나 골동품을 팔려고 했는데 자네가 상대를 하지 않으니 그런 말도 안 되는 이야기를 지어내서 속였더군. 내가 그 사람을 잘 알지 못한 탓에 자네에게 큰 실례를 저질렀네. 용서해주게."

나는 아무 말 없이 센바람 책상 위에 있던 1센 5린을 내 지갑에 넣었다.

"그건 왜 가져가는가?"

센바람이 수상하다는 듯이 물었다.

"나는 자네에게 얻어먹는 것이 싫어서 꼭 갚을 생각이었는데, 다시 생각해보니 역시 얻어먹는 편이 좋은 것 같네."

센바람이 하하하 큰 소리로 웃으며 물었다.

"왜 더 빨리 가져가지 않았나?"

"실은 가져가야지 생각하다가 왠지 부끄러워서 그대로 두었지. 학교에 와서 1센 5린을 보는 것이 정말 괴롭더군."

"자네도 여간 지기를 싫어하는군."

"자네도 여간 고집 센 것이 아니야."

그리고 우리 두 사람 사이에 이런 대화가 오갔다.

"자네는 대체 어디 출신인가?"

"나는 도쿄 토박이네."

"도쿄 토박이란 말이지. 어쩐지 지기 싫어한다고 했더니만."

"자네는 어딘가?"

"나는 아이즈네."

"아이즈 사람*이라고? 고집 센 이유가 있었군. 그건 그렇고 오늘 송별회에 갈 건가?"

"당연히 가야지. 자네는?"

"나도 물론 가야겠지. 고가 선생이 떠날 때는 항구까지 가서 전

---

* 아이즈 출신은 고집이 세다고 알려졌는데 두 사람의 성격을 출신지를 통해 이해하고 있다.

송할 생각이네."

"송별회는 아주 재미있네. 와보면 알 걸세. 오늘은 나도 실컷 마시려고."

"마음대로 하게. 나는 식사만 하고 돌아갈 거야. 바보들이나 술을 마시지."

"자네는 싸움 거는 걸 좋아하는군. 도쿄 토박이의 경박함이 그대로 드러나니 말이야."

"어쨌거나 송별회에 가기 전에 잠깐 우리 집에 들르게. 할 애기가 있네."

 센바람은 약속대로 내가 묵고 있는 하숙집에 왔다. 나는 얼마 전부터 끝물 호박 얼굴을 볼 때마다 너무 가여웠는데 마침내 송별회 날이 되니 애처로운 마음에 가능하다면 내가 대신 가주고 싶었다. 그래서 송별회 자리에서나마 연설이라도 해서 가는 길을 축복해주고 싶었지만 내 말투로는 도저히 안 될 것 같았다. 우렁찬 목소리의 센바람이라면 빨간 셔츠에게 겁을 줄 수 있을 것 같아 부른 것이다.

나는 우선 마돈나 사건부터 말을 꺼냈는데 센바람은 마돈나 사건에 대해 나보다 자세히 알고 있었다. 내가 노제리 강둑 이야기를 하며 빨간 셔츠는 바보 같은 놈이라고 했더니 센바람이 "자네는 누구에게나 바보라고 하는군. 오늘 학교에서는 나에게 바보라고 하지 않았는가. 내가 바보라면 빨간 셔츠는 바보가 아니네. 나는 빨간 셔츠와 같은 부류가 아닐세"라고 주장했다. "그렇다면 빨간 셔츠는 쓸개 빠진 멍텅구리네"라고 했더니 "그럴지도 모르지"라며 맞장구쳤다. 센바람은 강하기는 하지만 이런 어휘력은 나보다 훨씬 부족하다. 아이즈 사람들은 모두 이런가 보다.

월급 인상 사건과 빨간 셔츠가 앞으로 중대한 책임을 맡기겠다고 하더라는 이야기를 했더니 센바람은 "흥" 하고 콧방귀를 뀌며 "그렇다면 나를 면직시킬 속셈이로군"이라고 했다. "면직시킬 속셈이라니. 자네는 면직당할 생각인가?"라고 묻자 "누가 면직을 당할까 봐, 내가 면직당하면 빨간 셔츠도 함께 면직당하게 할 걸세"라고 으스대며 말했다. "어떻게 할 셈인가?"라고 물었더니 "거기까지는 아직 생각하지 않았네"라고 대답했다. 센바람은 강한 것 같지만 지혜가 부족한 듯하다. 내가 월급 인상을 거절했다고 하자 "역시 도쿄 토박이답군" 하며 크게 기뻐했다.

"고가 선생이 그렇게 가기 싫어하는데 어째서 유임 운동을 해주지 않았나?"

"고가 선생에게 이야기를 들었을 때는 이미 모든 일이 결정 난 뒤여서 교장에게 두 번, 빨간 셔츠에게 한 번 가서 따져보았지만 어찌할 도리가 없더군. 게다가 고가는 너무 사람이 좋아서 탈이네. 빨간 셔츠가 처음 이야기했을 때 분명하게 거절하든지 한번 생각해보겠다 하고 그 자리를 벗어나면 되었을 텐데 빨간 셔츠의 교묘한 말재주에 넘어가 그 자리에서 승낙해버렸으니 나중에 고가 선생의 어머니가 울며 매달려도, 내가 담판하러 가도 아무 소용이 없었네."

센바람은 몹시 안타까워했다.

"이번 사건은 전적으로 빨간 셔츠가 끝물 호박을 멀리 보내고 마돈나를 손에 넣으려는 책략이네."

"물론 그럴 테지. 그놈은 얌전한 얼굴로 흉계를 꾸미고는 이미 달아날 방법까지 마련해놓는 간사한 놈이지. 그런 놈은 주먹맛을 봐야 정신을 차리는데."

센바람은 소매를 걷더니 근육이 울퉁불퉁한 팔을 보여주었다.

"힘세 보이는군. 유도라도 했나?"

그러자 센바람은 팔뚝에 힘을 주어 알통을 만들고는 "한번 만져보게"라고 하기에 손가락으로 만져보니 목욕탕에서 각질 제거할 때 쓰는 속돌처럼 별로 대단한 것도 아니었다.

나는 하도 어처구니가 없어서 "그 정도의 근육이면 빨간 셔츠 대여섯 명은 한번에 날려버리겠는걸" 하고 말했다. 그가 "물론이지" 하며 팔을 굽혔다 폈다를 하자 알통이 실룩실룩 움직이는 것이 신기해 보였다. 센바람이 말하기를 종이 노끈 두 줄을 꼬아서 알통이 나온 곳에 두르고 힘을 줘서 팔을 굽히면 툭하고 끊어진다고 한다. 종이 노끈이라면 나도 할 수 있을 것 같다고 하자, 센바람이 한번 해보라고 했지만 안 끊어지면 민망할 것 같아 다음에 하기로 했다.

"오늘 밤 송별회에서 실컷 마신 뒤에 빨간 셔츠와 아첨꾼을 손봐주는 게 어떨까?"

내가 이렇게 제안하자 센바람은 "글쎄" 하고 생각하더니 "오늘 밤은 관두세"라고 했다. "어째서?" 하고 물으니 "오늘 밤은 고가 선생의 송별회 아닌가. 고가 선생에게 폐가 될지도 모를 일이고, 어차피 손봐주려면 놈들이 못된 짓을 하는 현장을 덮쳐야지, 그렇지 않으면 우리 잘못이 될 수도 있네"라며 제법 분별 있는 말을 했다. 센바람이 나보다 생각이 더 깊은 것 같다.

"그러면 고가 선생을 격려하는 연설을 해주게. 나는 도쿄 토박이라 말투에 무게감이 없네. 게다가 중요한 자리에서는 갑자기 속이 답답하고 목이 막혀 말이 안 나오니 자네에게 연설을 양보하겠네."

"이상한 병이 다 있군. 그러니까 사람들이 많은 자리에서는 말을 못한다는 소리군. 힘들겠는걸."

"자네가 생각하는 것만큼 힘들지는 않네."

그러는 사이에 시간이 되어서 센바람과 함께 송별회장으로 갔다. 송별회장은 가신테이로, 즉 이 지역에서 손꼽히는 요릿집이라고 하는데 나는 한 번도 가본 적이 없다. 원래 가로*였던 사람의 저택을 사들여 개업했다고 하는데 외관부터 위압적인 느낌이다. 가로의 집이 요릿집이 된 것은 겉옷을 내복으로 만든 격이다.

나와 센바람이 도착했을 때 올 사람들은 이미 와 있었고, 다다미 50장 정도 되는 넓이의 연회장에 두세 명씩 무리지어 앉아 있었다. 연회장이 큰 만큼 도코노마가 엄청 넓었다. 야마시로야에서

---

* 에도 시대에 다이묘의 으뜸 가신으로 정무를 총괄하던 사람이다.

내가 머물던 다다미 15장 방의 도코노마와는 비교가 되지 않았다. 길이가 대략 3.7미터는 되어 보였다. 오른쪽에는 붉은 무늬가 있는 세토* 도자기 꽃병에 커다란 소나무 가지가 꽂혀 있다. 소나무 가지를 꽂아서 뭘 하려는지 모르지만 몇 달이 지나도 시들 염려가 없으니 돈이 들지 않아 좋을 것이다. 세토 도자기는 어디에서 만든 것이냐고 과학 선생에게 물었더니 "저것은 세토 도자기가 아니라 이마리**예요"라고 했다. "이마리도 세토 도자기가 아닌가요?" 했더니 과학 선생은 헤헤헤 웃었다. 나중에 들어보니 세토에서 만들어진 도자기가 세토 도자기라고 한다. 도코노마 한가운데 커다란 족자가 있고 내 얼굴만큼 커다란 글자가 스물여덟 자 적혀 있었다. 참으로 서툰 글씨였다. 너무 못 쓴 글씨여서 한문 선생에게 "어째서 저렇게 서툰 글씨를 요란스럽게 걸어두는 걸까요?"라고 물었더니 가이오쿠***라는 유명한 서예가가 쓴 것이라고 가르쳐주었다. 가이오쿠가 누군지 모르지만 나는 지금까지도 못 쓴 글씨라고 생각한다.

이윽고 "자리에 앉아주십시오"라는 서기 가와무라의 말에 나는 기대기 편한 기둥이 있는 곳에 앉았다. 가이오쿠의 족자 앞에 하오리, 하카마 차림의 너구리가 앉자, 왼쪽에 같은 복장의 빨간 셔츠가 자리를 잡았다. 오른쪽에는 오늘의 주인공인 끝물 호박 선생

* 아이치현 북서부에 있는 도시로 요업이 발달한 고장이다.

** 사가현 아리타 지방에서 생산되는 자기를 일컫는다.

*** 에도 후기의 서예가이다.

이 일본 전통 복장 차림으로 자리했다. 나는 양복을 입은 터라 무릎 꿇기가 불편해서 양반 다리를 했다. 옆에 앉은 체육 교사는 검은 양복바지를 입고도 무릎을 꿇고 앉아 있었다. 체육 교사라 수련을 꽤 쌓은 모양이다. 이윽고 상이 나오고 술병이 늘어섰다. 간사가 일어서서 개회사를 한마디 했다. 이어 너구리가 일어나 한마디하고 뒤이어 빨간 셔츠가 일어났다. 각각 송별사를 했는데 세 사람 모두 미리 짠 것처럼 끝물 호박은 좋은 교사이고 좋은 사람으로 이번에 떠나게 돼서 참으로 애석하다, 학교뿐 아니라 개인적으로도 매우 안타깝지만 개인 사정으로 간절히 전근을 희망하기에 어쩔 수 없었다는 의미의 말을 했다. 이런 거짓말을 늘어놓는 송별회를 열고도 조금도 부끄럽지 않은 모양이다. 세 사람 중에서 특히 빨간 셔츠가 끝물 호박 칭찬을 가장 많이 했다. 이런 좋은 친구를 보내는 것은 실로 자신에게는 커다란 불행이라고까지 했다. 더구나 그 말투가 꽤 그럴듯하고 상냥한 목소리로 더욱 나긋나긋하게 말하니 처음 듣는 사람은 분명 속아 넘어갈 것이 뻔하다. 마돈나도 틀림없이 이 수법에 넘어갔을 것이다. 빨간 셔츠가 송별사를 말하는 도중에 앞에 앉아 있던 센바람이 내 얼굴을 보고 눈짓을 했다. 나는 대답으로 검지로 아래 눈꺼풀을 끌어내려 속살을 보여주었다.

빨간 셔츠가 자리에 앉는 것을 기다리지 못하고 센바람이 벌떡 일어났다. 나는 기쁜 나머지 나도 모르게 박수를 쳤다. 그러자 너구리를 비롯한 선생 모두가 나를 바라보기에 난처했다. 센바람이 무슨 말을 할까 싶었는데 이렇게 말했다.

"조금 전에 교장 선생님을 비롯하여 몇 분이 고가 선생의 전근을 매우 안타까워하셨는데 저는 반대로 고가 선생이 하루라도 빨리 이곳을 떠났으면 합니다. 노베오카는 멀고 외진 땅으로 이곳과 비교하면 물질적으로는 불편할 것입니다. 그러나 들은 바로는 풍속이 순박하고 교직원과 학생들 모두 소박하고 정직하다고 합니다. 마음에도 없는 칭찬을 늘어놓거나 점잖은 얼굴을 하고 군자를 골탕 먹이는 약아빠진 놈은 한 놈도 없을 테니 고가 선생같이 선량하고 인정 있는 사람은 분명 그 지역 사람들의 환영을 받을 것입니다. 따라서 저는 고가 선생의 전근을 진심으로 축하하는 바입니다. 마지막으로 노베오카에 가서 그 지역의 숙녀 중에 선생에게 어울리는 좋은 아내가 될 자격이 있는 여성을 골라 하루라도 빨리 원만한 가정을 꾸리십시오. 그래서 부정하고 절개 없는 말괄량이가 부끄러워 얼굴을 들고 다닐 수 없게 만들기를 바랍니다. 어험, 어험."

센바람은 말을 마친 후 두 번 정도 헛기침을 하고 자리에 앉았다. 나는 이번에도 손뼉을 치려고 했지만 모두가 내 얼굴을 쳐다보는 것이 싫어서 그만두었다. 센바람이 앉자 이번에는 끝물 호박 선생이 일어났다. 선생은 자신의 자리에서부터 좌석 끝까지 찾아가 예의 바르게 모두에게 인사를 한 후 말했다.

"개인 사정으로 규슈에 가게 되었습니다. 저를 위해서 이런 성대한 송별회를 열어주시니 참으로 감사합니다. 특히 교장 선생님을 비롯하여 교감 선생님, 그 외 선생님들의 송별사에 깊이 감사

드립니다. 마음에 깊이 새기겠습니다. 저는 멀리 떠나지만, 예전과 같은 사랑과 관심을 부탁드립니다."

고가 선생은 넙죽 엎드려 인사를 한 후 자리로 돌아갔다. 끝물 호박은 끝을 알 수 없을 정도로 좋은 사람이다. 자신을 바보 취급하는 교장이나 교감에게 공손하게 감사의 인사를 하다니. 그것도 형식적인 인사가 아니라 그의 모습, 말투, 표정을 보아 진심으로 감사하는 것 같다. 이러한 성인군자가 진지하게 감사의 말을 하면 미안한 생각이 들어서라도 얼굴이 빨개질 것 같은데 너구리도, 빨간 셔츠도 아무렇지 않게 듣고 있을 뿐이다.

인사가 끝나자, 여기서도 후루룩, 저기서도 후루룩 하는 소리가 난다. 나도 소리를 내어 국물을 마셔보았지만 맛이 없었다. 옆에 어묵이 있었는데 거무죽죽한 것이 실패한 치쿠와* 요리 같았다. 회도 너무 두꺼워 참치 토막을 날것으로 먹는 듯했다. 옆에 있는 동료들은 우적우적 맛있게 먹는다. 아마 도쿄식 요리를 먹어본 적이 없을 것이다.

그러는 사이에 데운 술을 넣은 술병이 빈번하게 오가기 시작하더니 갑자기 사방이 떠들썩해졌다. 아첨꾼이 공손하게 교장 앞으로 나가 술잔을 받고 있다. 얄미운 놈이다. 끝물 호박이 차례로 술잔을 주고받는 것을 보니 한 바퀴 돌 모양이다. 참으로 고생이 많다. 끝물 호박이 내 앞으로 와서 "한 잔 주시겠습니까?" 하고 하카

* 으깬 생선살을 대꼬챙이나 놋쇠 등 막대에 감듯이 발라서 굽거나 찐 어묵이다.

마 차림의 그가 무릎을 꿇고 앉아 부탁하기에 양복바지를 입은 나도 불편하지만 무릎을 꿇고 한 잔 따라주었다.

"온 지 얼마 되지도 않았는데 바로 헤어지다니 안타깝네요. 언제 출발하십니까? 항구까지 배웅하러 나가겠습니다."

"아닙니다. 바쁘실 텐데 괜찮습니다."

끝물 호박이 뭐라고 하든 나는 학교를 쉬고 그를 배웅하러 갈 작정이다.

한 시간 정도 지나자 자리가 상당히 어지러워졌다. "자, 한 잔 하세요. 아니, 내가 마시라고 하는데……." 여기저기서 혀 꼬부라진 소리를 내는 자가 하나둘 나오기 시작했다. 조금 지루해져 화장실에 갔다가 별빛이 비치는 옛날풍의 정원을 바라보고 있는데 센바람이 왔다.

"어때? 내 연설, 잘했지?"

그가 득의만만하게 말했다.

"다 맞는 말인데, 마음에 들지 않는 부분이 한 가지 있네."

내가 불만족스럽게 대답하자 그가 물었다.

"어떤 부분이지?"

"점잖은 얼굴을 하고 군자를 골탕 먹이는 약아빠진 놈은 한 놈도 없을 테니……, 라고 하지 않았나?"

"그랬지."

"약아빠진 놈만으로는 부족하네."

"그럼 뭐라고 하나?"

"약아빠진 놈, 사기꾼, 협잡꾼, 양의 탈을 쓴 늑대, 야바위꾼, 괴물, 앞잡이, 개자식 정도는 되어야지."

"나는 그렇게 혀가 잘 돌아가지 않네. 자네가 말을 더 잘하는군. 무엇보다 단어를 많이 알고 있어. 그런데도 사람들 앞에서 말을 못하다니 신기하군."

"싸울 때 써먹을 요량으로 미리 생각해둔 말일 뿐 사람들 앞에서는 이렇게 못하네."

"그래? 술술 잘도 나오는데. 한 번 더 해보게."

"몇 번이라도 하겠네. 약아빠진 놈, 사기꾼, 협잡꾼……."

이렇게 말하고 있는데 쿵쾅쿵쾅 툇마루를 울리며 두어 명이 비틀거리며 달려왔다.

"두 사람 너무하는군. 도망치다니. 내가 있는 한 절대로 도망치지 못할 걸세. 자, 마시자고. 협잡꾼? 재미있군. 자, 마시자고."

그러더니 나와 센바람을 끌고 갔다. 실은 이 두 사람, 함께 변소에 가다가 취한 탓에 볼일 보는 것도 잊은 채 센바람을 끌고 가는 것이리라. 술 취한 자들은 눈앞에 보이는 것만 생각할 뿐 원래 하려던 것은 금방 잊어버리는 모양이다.

"자, 여러분, 협잡꾼들을 끌고 왔소. 모두 술을 따라주시오. 협잡꾼들의 코가 삐뚤어질 때까지 먹입시다. 자네들, 달아나서는 안 되네."

그러고는 도망가지 못하게 나를 벽 쪽으로 밀어붙였다. 여기저기 둘러봐도 상 위에는 제대로 된 안주가 하나도 없었다. 제 몫을

다 먹고 남의 상까지 원정을 나가 있는 놈도 있었다. 교장은 언제 갔는지 모습이 보이지 않았다.

그때 "이쪽인가요?" 하며 게이샤 서너 명이 들어왔다. 나는 조금 놀랐지만 벽 쪽에 있었기에 가만히 보고만 있었다. 그러자 지금까지 도코노마 기둥에 기대앉아 호박 파이프를 뽐내듯이 물고 있던 빨간 셔츠가 갑자기 일어나더니 연회장을 나가려고 했다. 맞은편에서 들어온 게이샤 한 명이 지나가며 인사를 했다. 그 여자는 게이샤 중에서 가장 젊고 가장 예뻤다. 거리가 멀어서 들리지 않았지만 "어머, 안녕하세요"라고 말한 것 같다. 빨간 셔츠는 모르는 척하고 나간 뒤 얼굴을 보이지 않았다. 아마도 교장의 뒤를 따라 돌아간 것이리라.

게이샤가 오자 갑자기 술자리가 흥겨워졌다. 모두 함성을 지르며 떠들썩했다. 어떤 놈은 게이샤와 바둑알을 손에 쥐고 개수를 맞히는 놀이를 하고 있었다. 그 목소리가 얼마나 큰지 마치 앉은 자세에서 잽싸게 칼을 뽑아 적을 치는 무술을 연습하는 듯했다. 한편에서는 한 손에 젓가락을 세 개씩 들고 한 손으로는 젓가락 수 맞히는 놀이를 하고 있었다. 정신없이 양손을 휘두르는 모양새가 다크 극단*의 꼭두각시보다 능수능란했다. 저쪽 구석에서는 "이봐, 술 따라" 하며 술병을 흔들어보더니 "술 가져와, 술" 하고 말한다. 참으로 왁자지껄 시끄러워서 견딜 수가 없었다. 이런 분위기에 할

* 메이지 시대에 꼭두각시 인형극을 상연한 영국 극단이다.

일 없이 무료하게 고개를 숙이고 생각에 잠겨 있는 것은 끝물 호박뿐이었다. 이들이 송별회 자리를 마련한 이유는 고가 선생의 전근이 아쉬워서가 아니다. 모두 술을 마시고 즐기기 위해서다. 고가 선생은 고통스러울 뿐이다. 이런 송별회라면 하지 않는 편이 낫다.

잠시 후 각자 탁한 목소리로 노래를 부르기 시작했다. 내 앞으로 게이샤가 오더니 "선생님, 한 곡 부르세요"라며 샤미센*을 들기에 "나는 노래는 부르지 않아. 네가 한번 불러봐"라고 하자 "징과 북의 반주에 맞춰 '길 잃은 산타로'를 부르자. 둥둥, 징징, 두드리며 돌아다니다가 만날 수 있다면 나도 징과 북을 둥둥, 징징 두드리며 돌아다니다가 만나고 싶은 사람이 있다"라고 두 번 숨 쉬고 부르더니 "아아, 힘들다"고 한다. 그렇게 힘들 것 같으면 조금 더 편한 노래를 부르면 좋았을 텐데.

그때 어느 틈에 옆에 와서 앉은 아첨꾼이 "스즈, 보고 싶은 사람을 만나는가 했더니 바로 돌아가다니 안되셨소" 하며 만담가같이 말한다. "몰라요" 하고 게이샤가 새침하게 굴었다. 아첨꾼은 개의치 않고 "우연히 만나긴 했지만……" 하고 불쾌한 목소리로 기다유**의 흉내를 낸다. 그만하라며 게이샤가 아첨꾼의 무릎을 치자 아첨꾼은 즐겁게 웃었다. 이 게이샤는 빨간 셔츠와 인사를 나눈 바로 그 여인이다. 게이샤에게 얻어맞고 웃다니 아첨꾼도 우둔한 놈이

* 삼현(三弦)으로 된 일본 고유의 현악기다.

** 샤미센을 반주로 하여 이야기를 엮어나가는 사람이다.

다. “스즈, 내가 ‘기노쿠니’*에 맞춰서 춤출 테니 샤미센을 연주해 줘”라고 말했다. 아첨꾼은 이제 춤까지 출 모양이다.

맞은편에서는 나이 많은 한문 선생이 치아가 없는 입을 일그러뜨리고 “안 들려요, 덴베에 씨, 너와 나 사이는……”까지 부른 후 “그다음은?”이라고 게이샤에게 물었다. 노인이라 기억력이 흐릿하다. 게이샤 한 명이 과학 선생을 붙잡고 “최근에 이런 것이 나왔어요. 한번 쳐볼 테니 잘 들어보세요” 하더니 “가게쯔 머리,** 하얀 리본을 단 서양식 머리, 타는 것은 자전거, 연주하는 것은 바이올린, 어설픈 영어로 I am glad to see you”라고 노래하자 과학 선생은 “흥미롭군. 영어가 섞여 있다니”라며 감탄했다.

센바람은 쓸데없이 큰 소리로 “게이샤, 게이샤” 하고 부르더니, “내가 검무***를 출 테니 샤미센을 연주해”라고 명령조로 말했다. 게이샤는 너무 큰 소리에 어이가 없는지 대답도 못한다. 센바람은 그러거나 말거나 지팡이를 가져와서 “답파천산만악연(踏破千山萬岳烟)”**** 하고 한가운데로 나가 혼자서 숨은 재주를 선보였다. 그때 아첨꾼이 ‘기노쿠니’를 끝내고 ‘갓포레 춤’*****도 끝내고 속요 〈선반 위의 달마〉도 끝내고 알몸에 폭이 좁은 훈도시 하나만 입은 채 종려

---

* 샤미센에 맞춰 부르는 짧은 속요로, 당시 술자리에서 인기가 있었다.

** 서양식 올림머리다. 메이지 시대에 도쿄 신바시의 요릿집 ‘가게쯔’의 여주인이 시작했다고 한다.

*** 한시 낭독에 맞춰 검을 들고 추는 춤이다.

**** 사이토 겐모즈가 지은 한시의 한 구절이다.

***** 속요에 맞춰 추는 익살스러운 춤이다.

나무로 만든 빗자루를 옆에 끼고는 "청일 협상 결렬되어……" 하는 노래를 부르며 연회장 한가운데를 걷기 시작했다. 그야말로 미치광이다.

나는 조금 전부터 괴로운 듯 하카마도 벗지 않고 잠자코 앉아 있는 끝물 호박이 몹시 애처로워 보였다. 아무리 자신을 위한 송별회라지만 홀딱 벗은 채 훈도시만 입고 추는 춤을 끝까지 볼 필요는 없을 것이다. 나는 옆으로 다가가 "고가 선생, 이제 돌아갑시다" 하고 권해보았다. 그러자 끝물 호박은 "오늘은 저를 위한 송별회이니 제가 먼저 돌아가서야 되겠습니까. 저는 괜찮으니 어서 가세요"라며 움직이려 하지 않는다.

"그런 거 상관할 것 없어요. 송별회라면 송별회다워야 하는 거 아닙니까. 저 꼴을 좀 보세요. 미치광이들의 모임이에요. 자, 갑시다."

내가 내키지 않아 하는 끝물 호박을 데리고 연회장을 나가려고 하는데 아첨꾼이 빗자루를 휘두르며 다가와서는 "야, 주인공이 먼저 돌아가는 법이 어디 있어. 청일 협상이다. 아무 데도 못 간다"라며 빗자루로 앞을 막았다. 나는 아까부터 화가 나 있던 터라 "청일 협상이라면 네놈은 짱꼴라냐" 하며 주먹으로 아첨꾼의 머리통을 쳤다. 아첨꾼은 2, 3초쯤 독기가 빠진 듯 멍하게 있더니 "뭐야, 너무하잖아. 나를 때리다니. 이 요시카와를 때리다니 놀랍군. 그야말로 청일 협상이다"라며 헛소리를 늘어놓고 있는데, 뒤에서 센바람이 소동이 일어난 것을 눈치채고 검무를 멈추고 달려왔다가 이 꼬락서니를 보고 갑자기 아첨꾼의 멱살을 잡고 끌어냈다. 아첨꾼은

"청일…… 아파, 아프다니까. 폭력을 쓰다니" 하고 외치며 버둥거리는 것을 옆으로 잡아끌었더니 털썩 쓰러졌다. 그다음은 어떻게 됐는지 모른다. 끝물 호박과 헤어져 집에 돌아오니 밤 11시가 넘었다.

10

러일 전쟁 승전 기념일이라 수업이 없었다. 연병장에서 기념식이 있어서 너구리가 학생들을 인솔하여 참석해야 했다. 나는 교원의 한 사람으로 함께 갔다. 거리로 나오니 온통 일장기로 가득하여 눈이 부셨다. 학교의 학생들이 800명이나 되었기 때문에 체육 교사가 대오를 정돈하여 각각의 반 사이에 간격을 두고 교원을 한두 사람 세워 감독하게 했다. 잘 통제될 것 같아도 실제로는 어수선했다. 학생들은 어린 데다가 건방지고 규율을 어기지 않으면 학생의 체면이 서지 않는 양 행동하는 녀석들이라 교원 여러 명이 감독한다 해도 아무 소용이 없었다. 지시를 내리기도 전에 마음대로 군가를 부르기도 하고 군가를 다 부르고 '와' 하고 이유 없이 함성을 지르기도 하는 모습이 마치 미치광이가 거리를 행진하는 것 같았다. 군가도 부르지 않고 함성도 지르지 않을 때에는 왁자지껄 떠들어댔다. 떠들지 않아도 걸을 수 있을 텐데 일본인은 모두 입부터 태어났는지 아무리 주의를 주어도 듣지 않는다. 떠드는 것도 그냥 떠드는 것이 아니라 교사들의 험담을 하니 최악이다.

나는 숙직 사건으로 학생들의 사과를 받은 후 '이것으로 좀 나아지겠지' 하고 생각했다. 그러나 현실은 전혀 그렇지 않았다. 하숙집 할머니의 말투를 빌리면 '선상님은 아무것도 모른당께요'라고 말할 수 있겠다. 학생들이 사과한 것은 진심으로 반성해서 한 것이 아니라 교장의 지시에 형식적으로 머리를 숙였을 뿐이다. 장사치들이 굽실굽실하며 교활한 짓을 하는 것처럼 학생들도 사과는 하지만 장난은 결코 멈추지 않는다. 잘 생각해보면 이 세상은 모두 이런 학생들 같은 인간들로 이루어졌는지 모른다. 사과나 사죄를 진심으로 받아들여 용서하는 것은 정직한 바보나 하는 짓이다. 사죄도 하는 척만 하는 것이라면 용서도 하는 척만 해도 될 것이다. 만약 진정한 사과를 받을 생각이라면 진정으로 후회할 때까지 패는 수밖에 없다.

내가 반별로 서 있는 학생들 사이에 들어가자 덴푸라라느니, 경단이라느니 하는 소리가 끊임없이 들렸다. 그러나 사람이 많아서 누가 말하는지 알 수 없었다. 혹시 안다고 해도 "선생님한테 덴푸라라고 한 거 아니에요. 경단이라고 한 거 아니에요. 그냥 선생님이 신경 쇠약으로 예민해서 그렇게 들린 거예요"라고 할 것이다. 이런 비열한 근성은 봉건 시대부터 자라왔고 뿌리가 깊으니 아무리 타이르고 가르쳐도 고쳐지지 않을 것이다. 이러한 환경에서 1년 정도 있으면 결백한 나도 이런 흉내를 내야 될지 모른다. 상대가 교묘히 피할 수 있는 수단으로 내 얼굴에 먹칠을 하도록 놔둘 수는 없다. 상대는 같은 남자이지만 학생이든 아이든 몸집은 나보다 크다. 그러니 형벌로서 뭔가 앙갚음을 하지 않으면 안 된다. 하지만 앙갚음을 하더라도 평범한 방법으로 했다가는 상대방에게 역공을 당할 수 있다. "너희들이 나쁘다"라고 해도 처음부터 달아날 길을 만들어놓았으니 막힘없이 자신들을 변호할 것이다. 그런 다음 자신들이 고통 받는 것처럼 행세하며 상대의 약점을 공격할 것이다. 애당초 앙갚음을 하려는 것이니 내 주장은 저들의 잘못이 분명히 드러나지 않은 이상 받아들여지지 않을 것이다. 잘못은 학생들이 먼저 했는데도 다른 사람들 눈에는 내가 싸움을 거는 것처럼 비칠 것이다. 이만저만 불이익이 아닐 수 없다. 그러나 학생들이 하는 대로 침묵한다면 학생들은 더욱더 심한 장난을 칠 것이 뻔하니 세상을 위해서도 그냥 두어서는 안 된다. 이쪽에서도 상대방의 수법을 이용하여 상대방이 손을 쓸 수 없도록 앙갚음을 해야 한다. 그렇게 되면 도쿄 토박이도 끝이지만 1년을 이렇게 당할 바에는 나도 인간이니 끝이건 뭐건 하는 수 없다. 도쿄 토박이로서 명예를 잃는다 해도 무엇보다 하루 빨리 도쿄로 돌아가서 기요와 함께 살고 싶다. 이런 시골에 오래 있다가는 타락할 것 같다. 이렇게까지 타락하느니 차라리 신문 배달을 하는 게 나을 것이다.

이런 생각을 하면서 어쩔 수 없이 따라가는데 갑자기 앞쪽이 시끌시끌했다. 그와 동시에 행렬이 멈췄다. 나는 무슨 일인지 알아보려고 행렬의 오른쪽으로 빠져나와 앞쪽을 봤더니 맞은편 오테마치에서 야쿠시마로 가는 모퉁이에서 정체되어 밀려가고 밀려오고를 반복하며 밀치락달치락하고 있었다. 앞쪽에서 "조용히, 조용히" 하며 목이 쉬도록 소리를 지르고 있는 체육 교사에게 무슨 일이냐고 묻자 모퉁이에서 중학교와 사범학교가 충돌했다고 한다.

중학교와 사범학교는 어느 지역에서든 사이가 매우 좋지 않다고 한다. 이유는 모르지만 기풍이 맞지 않았다. 툭하면 싸웠다. 아마도 좁은 촌동네다 보니 심심해서 그럴 것이다. 싸움을 좋아하는 편인 나는 충돌이라는 말을 듣고 재미삼아 앞으로 달려갔다. 앞에 있는 녀석들이 계속해서 "지방세* 주제에, 비켜"라고 소리치고 있었다. 뒤에서는 "밀어, 밀어"라고 외쳤다. 내가 학생들 사이를 비집고 앞으로 나가 모퉁이 쪽으로 나가려는데 "전진!" 하는 높고 날카로운 호령 소리가 들리더니 사범학교 학생들이 조용히 전진하기 시작했다. 서로 먼저 가겠다고 충돌하더니 타협이 된 모양으로 중학교가 한발 양보한 듯했다. 자격 면에서 사범학교가 높다고 한다.

기념식은 매우 간단했다. 여단장과 지사가 각각 축사를 읽었다. 참석한 사람들은 만세를 불렀다. 그것으로 끝이었다. 뒤풀이는 오후에 있다고 하여 일단 하숙집으로 돌아가 지난번 기요 편지에 답장을 썼다. 이번에는 조금 더 자세히 써달라고 부탁했기에 가급적

---

* 사범학교에 대한 험담으로 사범학교는 지방세 보조를 받아 운영했다.

정성들여 써야 했다. 편지를 쓰기 위해 편지지를 펼쳤다. 쓰고 싶은 말은 많은데 어디서부터 써야 할지 모르겠다.

'저걸 쓸까, 아니 너무 귀찮아. 이건 어떨까, 이건 너무 시시해. 뭔가 힘들지 않게 술술 써지면서 기요가 재미있어 할 만한 것은 없을까.'

그러나 아무리 생각해봐도 그런 사건은 하나도 없었다. 나는 먹을 갈고 붓에 먹물을 적시고 편지지를 노려보았다. 다시 편지지를 노려보고 붓에 먹물을 적시고 먹을 갈고…… 같은 동작을 몇 번이나 반복하다가 도저히 편지를 쓸 수 없을 것 같아 포기하고 벼루 뚜껑을 닫아버렸다. 역시 편지 쓰는 일은 귀찮다. 아무래도 도쿄에 가서 이야기하는 편이 간단할 것 같다. 기요의 걱정을 모르는 것은 아니지만 기요가 주문한 대로 편지 쓰는 일이 21일간 단식하는 것보다도 힘들다.

나는 붓과 편지지를 내던지고 벌러덩 누워서 팔베개를 하고 마당을 바라보았다. 여전히 기요가 마음에 걸렸다. 그때 나는 이렇게 생각했다. 비록 먼 곳에 있더라도 기요를 생각하는 내 마음이 분명 기요에게 전해질 것이다. 그러면 편지는 보낼 필요가 없다. 편지가 오지 않으면 아무 일 없이 지낼 거라고 생각할 것이다. 편지란 죽을 때나 병에 걸렸을 때 뭔가 일이 있을 때 보내면 된다.

마당은 열 평가량 됐는데 나무 한 그루 없었다. 다만 귤나무가 한 그루 있었는데 담 너머에서 봐도 눈에 띌 정도로 컸다. 나는 하숙집으로 돌아오면 언제나 이 귤나무를 바라보았다. 도쿄를 떠난 적이 없는 터라 귤이 열린 것이 상당히 신기해 보였다. 초록색 열매가 노랗게 익으면 분명 예쁠 것이다. 벌써 반 정도 빛깔이 변한 것도 있었다. 할머니에게 물어보니 수분이 아주 많은 맛있는 귤이라고 한다. 귤이 익으면 많이 먹으라고 했으니 매일 조금씩 먹어야겠다. 이제 3주 정도 지나면 충분히 먹을 수 있을 것이다. 설마 3주 안에 여기를 떠나는 일은 없겠지.

한참 귤에 대해 생각하고 있는데 센바람이 할 말이 있다며 찾아왔다. “오늘은 승전 기념일이라 자네와 같이 먹으려고 소고기를 사왔네” 하며 대나무 잎에 싼 꾸러미를 방 한가운데로 던졌다. 나는 하숙집에서 먹는 고구마와 두부에 물릴 대로 물린 데다 메밀국수 가게도, 경단 가게도 출입 금지를 당한 터라 크게 기뻐하며 곧장 할머니에게 냄비와 설탕을 빌려와 고기를 삶기 시작했다.

센바람은 소고기를 볼이 미어터지도록 입에 넣고는 “자네는 빨간 셔츠와 게이샤가 친한 사이라는 걸 알고 있었나” 하고 묻기에 “알고 있고말고. 며칠 전 끝물 호박 송별회 때 왔던 게이샤 중 한 명이지?”라고 했더니 “맞네. 나는 최근에 겨우 눈치챘는데 자네는 상당히 눈치가 빠르군” 하고 말했다.

“녀석은 말만 꺼냈다 하면 품성이니, 정신적 오락이니 이런 말들만 늘어놓고선 뒤에서는 게이샤와 관계를 맺고 있는 괘씸한 놈이야. 다른 사람이 노는 것을 너그럽게 인정하는 것도 아니고. 자네가 메밀국수 가게에 가거나 경단 가게에 드나드는 것조차 학생들 단속에 방해된다며 교장의 입을 빌려 주의를 주지 않았나.”

"그놈은 게이샤랑 놀아나는 것은 정신적 오락이고 덴푸라 메밀국수와 경단은 물질적 즐거움이라고 여기는 모양이네. 정신적 오락이라면 공개적으로 할 일이지 그게 뭐하는 짓인지……. 친한 게이샤가 들어오니까 바로 자리를 뜨더니 도망가더라고. 끝까지 속이려 드니 재수 없네. 그리고 다른 사람이 잘못을 지적하면 나는 모르는 일이라는 둥, 러시아 문학이라는 둥, 하이쿠는 신체시와 형제 같은 사이라는 둥 하며 연막작전을 펴서 사람을 혼란스럽게 한다니까. 그런 겁쟁이는 남자도 아니네. 궁중에서 일하던 하녀가 환생한 것이네. 어쩌면 녀석의 아버지는 유지마의 남창이었는지도 모르지."

"유지마의 남창이 뭔데?"

"어쨌거나 남자답지 못하다는 말이네. 이봐, 그 부분은 아직 안 익었어. 그런 걸 먹으면 촌충이 생겨."

"그래? 괜찮네. 그건 그렇고 빨간 셔츠는 사람들 눈을 피해 온천 마을의 가도야에 가서 게이샤를 만나는 모양이던데."

"가도야라니? 그 여관 말인가?"

"여관 겸 요릿집이지. 녀석이 찍소리도 못하게 할 방법은 그놈이 게이샤를 데리고 그곳에 들어가는 현장을 잡은 다음 면전에서 나무라는 것이네."

"현장을 잡다니? 밤새 지켜보기라도 하겠다는 말인가?"

"가도야 앞에 마스야라는 여관이 있잖은가? 그 여관 2층을 빌려서 장지문에 구멍을 뚫고 보면 될 걸세."

"보고 있을 때 올까?"

"오고말고. 어차피 하룻밤으로는 안 될 걸세. 2주 정도는 지켜봐야 할 거야."

"꽤 힘들걸. 아버지가 돌아가시기 전에 일주일 정도 밤새워 간병한 적이 있는데 나중에 맥이 빠져서 많이 힘들더군."

"몸이 좀 힘들어도 상관없네. 그런 간사한 인간을 그대로 두는 것은 이 나라를 위해서도 도움 될 게 없으니 내가 하늘을 대신해서 벌을 내리겠네."

"옳은 말이야. 그럼 나도 돕겠네. 그럼 오늘 밤부터 지켜볼 생각인가?"

"아직 마스야에 방을 빌리지 않아서 오늘 밤은 어렵겠지."

"그럼, 언제 시작할 생각인가?"

"조만간 하려고 하네. 어쨌거나 자네에게 얘기할 테니 그때 도와주게."

"좋아. 언제든지 돕겠네. 나는 계획을 세우는 일은 서툴러도 싸움은 꽤 하는 편이니까."

나와 센바람이 빨간 셔츠 퇴치 작전을 세우고 있는데 하숙집 할머니가 왔다.

"한 학상이 홋타 선상님을 뵙고 싶다며 찾아왔는디요. 선상님 댁으로 갔는디 안 기셔서 아마도 여기 기신 게 아닌가 혀서 왔다는디요."

할머니는 문 앞에 무릎을 꿇고 앉아 센바람의 대답을 기다렸다. 센바람은 "그렇습니까?" 하며 현관까지 나갔다가 곧 돌아와서 "학생들이 승전 기념일 뒤풀이를 보러 가지 않겠냐고 하는군. 오늘 고치에서 춤 공연을 위해 이곳까지 사람들이 많이 왔으니 꼭 구경하라고 하네. 좀처럼 보기 힘든 춤이라는데 자네도 함께 가지 않겠나?" 하며 센바람은 꽤 보고 싶은지 나에게도 같이 가자고 했다. 나는 춤이라면 많이 봤다. 매년 하치만 신사*의 축제 때 임시 무대를 설치하여 마을을 돌며 공연했기 때문에 시오쿠미**든 뭐든 다 알고 있다. 고치의 바보스러운 춤은 보고 싶지 않았지만 모처럼 센바람이 권하니 따라나섰다. 센바람을 찾아온 학생이 누군가 했더니 빨간 셔츠의 동생이었다. 왜 하필 이 녀석이지.

공연장에 들어가니 스모 대회가 열리는 료고쿠 국기관이나 혼몬지의 법회 때처럼 폭이 넓고 긴 깃발을 여기저기에 세워놓았다. 세계 만국기를 전부 빌려오기라도 한 건지 깃발을 줄줄이 걸어놓아 넓은 하늘이 전에 없이 화려했다. 동쪽 구석에 임시 무대를 설치하고 여기에서 고치의 춤을 공연한다고 한다. 무대 오른쪽으로 50미터쯤 돌아가니 갈대발을 두른 곳에 꽃과 식물들이 진열되어 있었다. 모두가 진열품에 눈길을 주었지만 나는 별다른 인상을 받지 못했다. 저렇게 풀과 대나무를 구부리고 기뻐할 것이라면 곱사등이 정부(情夫)나 절름발이 남편을 얻어 자랑하는 것이 낫겠다.

* 일본에 있는 약 10만 개 신사 중 3분의 1 정도가 일본의 불교 수호신인 하치만을 제신으로 한다.

** 가부키 무용의 하나다.

무대의 반대쪽에서는 불꽃을 쏘고 있었다. 불꽃이 터지는 가운데 풍선이 떠올랐다. '제국 만세'라고 쓰여 있다. 망루의 소나무 위를 둥실둥실 날다가 병영 안으로 떨어졌다. 잠시 후 펑 하는 소리가 들리더니 검은 경단 같은 것이 휙 하고 하늘로 올라가 터졌다. 푸른 연기가 우산살 모양으로 천천히 퍼졌다. 풍선이 또 올라갔다. 이번에는 붉은 바탕에 하얀 글씨로 '육해군 만세'라고 쓰여 있다. 이 풍선은 바람을 타고 온천 마을에서 아이오이 마을 쪽으로 날아갔다. 아마 관음을 모신 절 안으로 떨어질 것이다.

승전 기념식 때보다 사람이 엄청 많았다. 시골에 이렇게 많은 사람이 있었나 싶을 만큼 인파로 붐볐다. 호감 가는 얼굴은 별로 보이지 않았지만 모인 사람들의 숫자는 엄청났다. 그러는 사이에 고치의 춤 공연이 시작되었다. 춤이라고 해서 후지마* 같은 춤 정도로 생각했는데 전혀 달랐다.

엄숙하게 머리에 띠를 두르고 움직임이 편한 무릎 아래부터 폭이 좁은 하카마를 입은 남자들이 10명씩 무대 위에 세 줄로 섰는데 그 30명이 모두 칼집도 없는 칼을 차고 있어서 소스라치게 놀랐다. 앞줄과 뒷줄의 간격은 불과 45센티미터 정도밖에 되지 않았고, 좌우의 간격은 그보다 더 좁았다. 단 한 명만이 줄에서 벗어나 무대 구석에 서 있었다. 이 남자는 하카마를 입고 있었지만 띠는 두르고 있지 않았고 칼 대신에 가슴에 북을 매달고 있었다. 다이카

* 일본 무용 유파의 하나다.

구라*의 북과 같았다. 그 남자는 이윽고 '이야아, 하아아' 하고 느긋한 목소리로 기묘한 노래를 부르며 북을 '둥둥, 둥둥' 쳤다. 노랫가락은 지금까지 들어본 적 없는 신기한 것이었다. 미카와 만자이**와 후다라쿠야***를 합친 것이라고 생각하면 크게 틀리지 않을 것이다.

노래는 매우 유장하여 여름날의 엿가락처럼 늘어지지만 노랫가락을 끊기 위해 둥둥 북을 치니 계속 이어지는 듯 들리고 박자도 맞는다. 이 박자에 맞춰 30명의 칼이 번쩍번쩍 빛났는데 이 손놀림이 매우 빨라 보는 것만으로도 식은땀이 났다. 옆도 뒤도 45센티미터 안에서 날카로운 칼을 휘두르고 있으니 박자가 딱딱 맞지 않으면 서로 찔러 상처를 입을 것이다. 더구나 움직이지 않고 칼만 앞뒤, 위아래로 휘두르는 것이라면 덜 위험하겠지만 30명이 한꺼번에 옆을 향할 때도 있고 획 돌아설 때도 있다. 옆에 있는 사람이 1초라도 빠르거나 늦는다면 자신의 코가 떨어져나갈지도 모른다. 옆 사람의 머리를 벨지도 모른다. 칼의 움직임은 자유자재이지만 움직이는 범위는 45센티미터로 한정되어 있고 앞뒤 양옆에 있는 사람과 같은 방향, 같은 속도로 휘둘러야만 한다. 참으로 놀랍다. 이 춤은 시오쿠미나 세키노토****에 비할 바가 아니다. 들어보니

---

* 에도 시대의 사자춤, 접시돌리기 등의 곡예다.

** 미카와 지방을 중심으로 내려온 신년 풍속으로 정월에 집집마다 돌아다니며 신년을 축하하고 익살스러운 노래를 주고받으며 춤을 춘다.

*** 부처의 덕을 기리는 찬불가 중에 '후다라쿠야'로 시작하는 노래가 있다.

**** 가부키 무용극의 하나다.

이것은 상당한 숙련이 필요한 춤으로 쉽게 박자를 맞출 수 있는 것이 아니라고 했다. 특히 어려운 역할이 무대 한편에서 노래하며 북을 치는 선생이라고 한다. 30명이 다리를 움직이고 손을 놀리고 허리를 굽히는 것도 모두 이 북치는 사람의 박자에 따라야 한다고 한다. 옆에서 보기에는 '이야아, 하아아' 노래하는 이 대장이 제일 느긋해 보이지만 실은 가장 책임이 무겁고 매우 힘들다고 하니 신기할 따름이다.

나와 센바람은 감탄한 나머지 넋을 놓고 이 춤을 보았다. 그때 약 50미터 떨어진 곳에서 '와아' 하는 함성이 들리더니 지금까지 조용하게 구경하던 사람들이 갑자기 물결처럼 좌우로 움직이기 시작했다. "싸움이 났다, 싸움이 났어" 하는 소리가 들리나 싶더니 군중 속을 비집고 달려온 빨간 셔츠의 동생이 "선생님, 또 싸움이에요. 우리 학교 애들이 오늘 아침 일을 앙갚음하려고 또 사범학교 놈들이랑 한판 붙었어요. 빨리 와주세요"라는 말을 남기고 다시 인파 속으로 들어가더니 어디론가 가버렸다.

센바람은 "성가신 녀석들이군. 또 시작이야. 적당히 해야 할 텐데"라며 달아나는 사람들을 피해 쏜살같이 달렸다. 센바람은 보고만 있을 수 없으니 싸움을 말릴 생각인 듯했다. 물론 나도 달아날 생각은 없었다. 센바람의 뒤를 따라 곧바로 현장으로 달려갔다. 싸움이 한창이었다. 사범학교 학생은 50~60명쯤 되었고 중학교 학생들은 그보다 3분의 1쯤 더 많아 보였다. 사범학교 학생들은 교복을 입고 있었지만 중학교 학생들은 기념식이 끝난 후 대부분 평상복으로 갈아입은 터라 적과 아군을 금세 알 수 있었다. 그러나 한데 뒤엉켜 싸우니 어느 쪽부터 말려야 할지 몰랐다. 센바람은 난처하다는 듯 한동안 이 혼란스러운 상황을 지켜보고 있다가 "어쩔 수 없군. 순사가 오면 귀찮아지니 말려보세"라고 나를 쳐다보며 말했다. 나는 대답도 하지 않고 가장 치열하게 싸우고 있는 곳으로 뛰어들었다.

"그만, 그만. 이렇게 싸우면 학교 체면이 뭐가 되겠냐. 그만해" 하고 소리를 지르며 적과 아군의 경계선을 돌파하려고 했지만 생각대로 잘되지 않았다. 2~3미터 들어갔더니 오도 가도 못하게 되었다. 눈앞에서는 덩치가 큰 사범학교 학생이 열대여섯 명의 중학교 학생들과 뒤엉켜 싸우고 있었다. "그만하라고 하면 하지 말아야지" 하며 사범학교 학생의 어깨를 잡고 떼어놓으려는 순간 누군가 내 다리를 걸었다. 나는 갑작스러운 공격에 잡았던 어깨를 놓치고 쓰러졌다. 두 손과 무릎을 짚고 벌떡 일어나자 딱딱한 구둣발로 내 등에 올라탄 녀석이 내 오른쪽으로 굴러떨어졌다. 일어나서 보니 5미터가량 떨어진 곳에서 학생들 틈에 끼어 센바람이 "그만, 그만해라. 싸움을 멈춰"라고 외치고 있었다. 나는 "이봐, 도저히 안 되겠어"라고 말했지만 센바람은 들리지 않는지 대답이 없었다.

휙 하고 바람을 가르며 날아온 돌이 갑자기 내 광대뼈에 맞았다고 생각한 순간 뒤에서 내 등을 몽둥이로 후려친 녀석이 있었다. "교사 주제에 끼어들다니. 패라, 패" 하는 소리가 들린다. "교사는 두 명이다. 큰 놈과 작은 놈. 돌을 던져라" 하는 소리도 들린다. 나는 "뭐, 건방진 소리 하지 마. 촌놈 주제에"라며 옆에 있는 사범학교 학생의 머리를 냅다 후려쳤다. 돌이 또 휙 하고 날아온다. 이번에는 내 짧은 머리를 스치고 뒤로 날아갔다. 센바람은 어떻게 됐는지 보이지 않는다.

이렇게 된 이상 어쩔 수가 없다. 처음에는 싸움을 말리러 왔지만 욕을 먹고 돌을 맞은 이상 순순히 물러날 멍텅구리가 어디 있겠는가. "내가 누구인지 아느냐. 몸집은 작지만 싸움의 본고장에서 수련을 쌓은 형님이시다"라고 소리치며 마구 후려갈기기도 하고 얻어맞기도 하는데 "순사다, 순사! 도망쳐라, 도망쳐!" 하는 소리가 들렸다. 지금까지 물엿 속에서 헤엄치는 것처럼 옴짝달싹 못했던 몸이 갑자기 자유로워지더니 적도 아군도 일시에 달아나버렸다. 촌뜨기라도 퇴각은 빠르다. 쿠로파트킨*보다 빠르다.

센바람은 어떻게 됐나 봤더니 홑겹 하오리가 너덜너덜한 채 한쪽에서 코를 닦고 있었다. 콧잔등을 맞아 피를 많이 흘렸다고 한다. 코가 부풀어 오르고 새빨개져서 몹시 보기 흉했다. 나는 안감이 있는 옷을 입고 있었기 때문에 흙투성이였지만 센바람의 하오리 정도의 부상은 입지 않았다. 그러나 뺨이 따끔따끔해서 견딜 수가 없었다. 센바람이 "피가 많이 나는걸" 하고 말했다.

순사가 열대여섯 명이 왔지만 학생들은 반대 방향으로 달아났

---

* 러일 전쟁 때 만주지구 러시아군 총사령관이다.

기 때문에 잡힌 것은 나와 센바람뿐이었다. 우리는 이름을 대고 자초지종을 얘기했다. 그랬더니 "하여간 경찰서로 갑시다"라고 하기에 경찰서에 가서 서장 앞에서 사건의 전말을 진술한 후 하숙집으로 돌아왔다.

11

이튿날 아침 눈을 떠보니 온몸이 아파서 견딜 수가 없었다. 오랫동안 싸움을 하지 않았기에 더 아픈 것이다. 이래서야 어디 가서 싸움 잘한다고 할 수 있겠나. 이불 속에서 이런 생각을 하고 있는데 할머니가 시코쿠 신문을 머리맡에 두고 갔다. 실은 신문 볼 기운조차 없었지만 사내가 이 정도로 약해빠져서야 되겠나 싶어 배를 깔고 엎드려 2면을 펼쳐보는 순간 깜짝 놀랐다. 어제의 싸움 관련 기사가 실려 있었다. 싸운 일에 대한 기사에 놀라지는 않았다. 문제는 그다음이었다. 중학교 교사 홋타 모 씨와 최근 도쿄에서 부임한 건방진 모 씨가 순진한 학생들을 선동하여 이 소동을 일으켰는데, 두 사람은 현장에서 학생들을 지휘했을 뿐만 아니라 함부로 사범학교 학생들에게 폭력을 휘둘렀다고 쓴 뒤 이런 의견을 덧붙여놓았다.

우리 현의 중학교는 옛날부터 선량하고 온순한 기풍으로 전국의 선망을 받아왔는데 경박한 두 애송이 때문에 우리 학교의 명예가 실추되었다. 이 불명예를 얻은 이상 우리는 분연히 떨치고 일어나 책임을 물을 것이다. 우리가 책임을 묻기 전에 관계 당국은 이 무뢰한들에게 무거운 처벌을 내려 두 번 다시는 교육계에 발붙이지 못하게 하라.

그리고 글자 한 자 한 자에 방점을 찍어 강조까지 해놓았다. 나는 이불 속에서 "이런 나쁜 놈들" 하며 벌떡 일어났다. 신기하게도 지금까지 관절 마디마디가 몹시 쑤시고 아팠는데 일어나자 거짓말처럼 괜찮았다.

나는 신문을 둥글게 말아 마당에 내던졌으나 그래도 분이 풀리지 않아 일부러 변소까지 가지고 가서 버리고 왔다. 신문이란 터무니없는 거짓말을 쏟아낸다. 이 세상에서 아무리 거짓말을 잘한다 한들 신문만 하겠는가. 내가 말해도 시원찮을 말을 모두 저쪽에서 늘어놓았다. 게다가 '최근에 도쿄에서 부임한 건방진 모 씨'라니, 세상에 모라는 이름이 어디에 있는가. 이래 봬도 엄연히 성과 이름이 있다. 가계도를 보고 싶다면 다다노 만주 이후의 선조를 한 사람도 빠짐없이 보여주겠다.

세수를 했더니 뺨이 갑자기 아팠다. 할머니에게 거울을 빌려달라고 했더니 "오늘 아침 신문 보셨당가요?" 하고 묻는다. 읽고 나서 변소에 버렸으니 보고 싶으면 주워다 읽으라고 하자 놀라서 가버렸다. 거울에 얼굴을 비춰보니 어제와 마찬가지로 상처가 남아 있었다. 내 얼굴은 소중하다. 얼굴에 상처를 입고 건방진 모 씨라고 불리다니, 더 무슨 말을 하겠는가.

오늘 아침 신문 기사 때문에 학교를 쉬었다는 말을 듣는다면 내 인생의 불명예가 될 테니 밥을 먹고 학교에 출근했다. 출근하는 사람들마다 내 얼굴을 보고 웃는다.

'뭐가 우습다는 건지. 너희와는 상관없거든.'

그러는 사이에 아첨꾼이 와서 "어제는 큰 공을 세우셨더군요. 명예스러운 부상인가요?" 하며 송별회 때의 복수라도 할 셈인지 기분 나쁘게 빈정거린다. "쓸데없는 소리 말고 붓이라도 빨아요"라고 했다. 그랬더니 "이거 죄송합니다. 그런데 꽤 아프겠는데요"라고 하기에 "아프든 말든 내 얼굴이오. 그쪽과는 상관없잖소" 하고 호통쳤더니 자기 자리에 앉아 여전히 내 얼굴을 보며 옆자리의 역사 선생과 속닥거리며 웃고 있다.

잠시 후 센바람이 출근했다. 센바람의 코가 보라색으로 부어올라 코를 후비면 안에서 고름이 나올 것 같았다. 자만한 탓인지 상처가 내 얼굴보다 더 심했다. 나와 센바람은 책상이 나란히 붙어 있는 데다가 운 나쁘게 교무실 출입구 정면에 있다. 묘한 얼굴 둘이 붙어 있으니 다른 선생들은 조금 따분하다 싶으면 이쪽을 쳐다보았다. 동료 선생들은 말로는 뜻밖의 봉변을 당했다고 하지만 마음속으로는 바보라고 생각하는 것이 틀림없다. 그렇지 않고서야 저렇게 속닥이며 낄낄 웃겠는가.

교실로 들어가자 학생들이 박수치며 맞아주었다. "선생님, 만세"라고 외치는 녀석이 두세 명 있었다. 기세가 좋은 것인지 바보 취급하는 것인지 모르겠다. 나와 센바람에게 관심이 집중되는 가운데 빨간 셔츠만이 평소처럼 다가와서 "뜻밖의 봉변을 당하셨군요. 저는 두 사람이 딱해서 견딜 수가 없네요. 신문 기사는 교장 선생님과 의논하여 정정하도록 해두었으니 걱정하지 않아도 됩니다. 제 동생이 홋타 선생을 부르러 가는 바람에 이런 일이 생겼으니 정말 죄송스럽군요. 이 일에 대해서는 최선을 다해 도울 테니 양해해주세요"라고 사과하듯이 말했다. 교장은 3교시쯤 교장실에서 나오더니 "난처한 기사가 신문에 실렸더군요. 일이 복잡해지지 않아야 할 텐데요"라고 말했다. 나는 걱정 따위는 하지 않는다. 상대편이 면직시킨다면 면직당하기 전에 사표를 내면 된다. 그러나 내가 잘못하지도 않았는데 먼저 물러나는 것은 거짓말쟁이 신문사를 더욱 기고만장하게 만드는 꼴이다. 신문사에 기사를 정정하도록 요구하고 나는 오기로라도 근무를 계속하는 것이 당연하다고 생각했다. 퇴근길에 신문사에 들러 담판을 지을까도 생각했지만 학교에서 정정하도록 해놓았다고 하니 그만두었다.

나와 센바람은 비는 시간에 교장과 교감에게 거짓 없이 사건의 전말을 설명했다. 교장과 교감은 "그렇군. 신문사가 학교에 앙심을 품고 그런 기사를 고의로 쓴 것이 틀림없군" 하고 단정해버렸다.

빨간 셔츠는 교무실에 있는 선생 한 명 한 명에게 우리의 행위를 해명하며 돌아다녔다. 특히 자신의 남동생이 센바람을 불러낸 것이 마치 자신의 잘못인 양 떠들어댔다. 모두들 "전적으로 신문사가 나쁘다, 괘씸하다, 두 선생님은 뜻밖의 재난을 당했다"고 말했다.

퇴근길에 센바람이 "이봐, 빨간 셔츠가 의심스러워. 조심하지 않으면 당할 거야"라고 주의를 주었다. 내가 "처음부터 수상했어. 수상한 게 오늘 갑자기가 아니잖아"라고 하니 그가 "아직도 눈치 채지 못했나. 어제 일부러 우리를 불러내서 싸움에 말려들게 한 거야"라고 일러주었다. 거기까지는 미처 생각하지 못했다. 센바람은 비록 촌놈이지만 나보다 지혜로웠다.

"그렇게 싸움에 말려들게 한 뒤 즉시 신문사에 손을 써서 저런 기사를 쓰게 한 거야. 실로 간사한 놈이야."

"신문까지도 빨간 셔츠란 말이지. 놀랍군. 그런데 신문사에서 빨간 셔츠가 한 말을 그렇게 쉽게 들어줄까?"

"아무렴. 신문사에 친구가 있다면 가능하겠지."

"친구가 있을까?"

"없어도 상관없어. 거짓말을 하는 거지. 사실은 이러이러하다고 하면 즉시 써주지."

"너무하는군. 정말로 빨간 셔츠의 계략이라면 우리는 이 사건으로 면직될지도 모르겠는데."

"그렇게 될지도 모르지."

"그렇다면 나는 내일 사표를 내고 당장 도쿄로 돌아가겠네. 이런 수준 낮은 곳에 있어달라고 사정해도 있기 싫네."

"자네가 사표를 낸다고 한들 빨간 셔츠가 곤란할 건 없을 거야."

"그렇겠군. 그럼 어떻게 하지?"

"그런 간사한 놈은 일을 꾸밀 때 증거가 남지 않게 하기 때문에 반박하는 것이 어렵네."

"일이 어렵겠는데. 그럼 누명을 쓴 채 물러나야 하는 건가. 말도 안 돼. 어떻게 이런 일이……."

"2, 3일 상황을 지켜보자고. 최악의 경우에는 온천 마을에 가서 현장을 덮치는 것밖에는 방법이 없네."

"싸움 사건은 싸움 사건으로 마무리 짓자는 말인가?"

"그러네. 우리는 우리대로 상대의 급소를 찌르면 되겠지."

"좋은 방법이군. 나는 계책을 세우는 것이 서투니 자네가 알아서 하게. 실행에 옮길 때는 뭐든 할 테니까."

나와 센바람은 이런 대화를 나눈 후 헤어졌다. 센바람이 추측한 대로 빨간 셔츠가 꾸민 짓이라면 실로 교활한 놈이다. 도저히 지혜로 당해낼 수 있는 녀석이 아니다. 완력이 아니고서는 안 될 것이다. 이러니 세상에 전쟁이 끊이지 않지. 개인이라도 결국에는 완력이다.

이튿날 목이 빠져라 신문을 기다리다가 펼쳐보니 정정은커녕 취소 기사도 보이지 않았다. 학교에 가서 너구리에게 따져 물었더니 "내일쯤 나오겠지요"라고 한다. 다음 날 작은 글씨로 짤막한 취소 기사가 났다. 그러나 신문사에서는 정정 기사는 내지 않았다. 또 교장에게 가서 따지니 그 이상은 어떻게 할 수가 없다는 답변이 돌아왔다. 교장은 너구리 같은 얼굴을 하고 기분 나쁘게 점잖을 떨고 있지만 의외로 무력하다. 촌구석의 신문사가 멋대로 쓴 허위 기사 하나 바로잡지 못한다는 말인가. 나는 너무 화가 나서 그렇다면 내가 혼자 가서 주필과 담판 짓겠다고 하니 "그건 안 되네. 자네가 담판을 하면 또 불리한 기사를 쓸 것이네. 신문사가 쓴 기사는 진짜든 거짓이든 어쩔 수가 없네. 포기하는 것 외에는 방법이 없네"라며 스님의 설법 같은 설교를 늘어놓았다. 신문이 그런 것이라면 하루라도 빨리 없애는 편이 모두를 위해 유익할 것이다. 신문에 기사가 실리는 것은 자라에게 물린 것과 같다는 사실을 지금 너구리의 설교를 통해 비로소 알게 되었다.

그러고 나서 사흘 정도 지난 어느 오후 센바람이 씩씩거리며 오더니 "드디어 때가 되었네. 나는 계획을 단행할 생각이네"라고 하기에 "그럼 나도 함께하겠네"라고 말한 후 그 자리에서 합류했다.

그러나 센바람이 "자네는 동참하지 않는 것이 좋겠네" 하고 고개를 돌렸다. 이유를 물으니 "교장이 사표 내라는 말을 하지 않던가?" 하고 묻기에 "아니. 자네는?" 하고 되묻자 "오늘 아침 교장실에서, 유감이지만 사정상 어쩔 수 없으니 사표를 제출하라는 말을 들었네"라고 한다.

"그런 법이 어디 있나. 너구리는 배를 너무 많이 두드려서* 위의 위치가 바뀐 거야. 자네와 나는 승전 축하 공연에 가서 칼이 번쩍번쩍 빛나는 고치의 춤도 같이 봤고 함께 싸움도 말리러 갔잖아.

* 너구리는 달밤에 배를 북처럼 두드리며 즐긴다는 말이 전해 내려온다.

사표를 내라고 할 거면 공평하게 두 사람 모두에게 내라고 해야지. 어째서 시골 학교는 그런 이치도 모르지. 정말 어이가 없군."

"빨간 셔츠가 뒤에서 사주했겠지. 지금까지의 관계를 보면 나와 빨간 셔츠는 도저히 함께 갈 수 없지만 자네는 지금처럼 그냥 둬도 해가 되지 않는다고 생각한 거야."

"나라고 빨간 셔츠와 잘 지낼 수 있을 것 같나? 해가 되지 않는다고 생각하다니, 건방지군."

"자네는 지나치게 단순하니 그냥 둬도 어떻게든 속일 수 있다고 생각했겠지."

"참으로 사악하군. 누가 남아 있겠데."

"더구나 얼마 전에 고가 선생의 후임이 사고로 오지 않고 있잖아. 그런데 자네와 나를 동시에 내쫓았다가는 학생들 수업에 지장이 생길 테고……."

"그렇다면 다음 수학 교사가 오기 전까지 나를 붙잡아둘 생각이군. 흥, 누가 그 수에 넘어갈 줄 알고."

다음 날 나는 교장실로 가서 따져 물었다.

"어째서 저에게 사표를 내라고 하지 않았습니까?"

"뭐라고요?"

너구리는 어안이 벙벙하여 멍청히 쳐다보았다.

"홋타 선생은 내고 저는 내지 않는 법이 어디 있습니까?"

"그것은 학교 사정으로……."

"그 사정은 틀렸습니다. 제가 사표를 내지 않아도 된다면 홋타 선생도 낼 필요가 없을 겁니다."

"거기에 대해서는 설명하기 어렵네. 홋타 선생이 사표를 내는 것은 어쩔 수 없지만 선생은 사표를 낼 필요가 없네."

과연 너구리답다. 이치에 맞지 않는 말을 늘어놓으면서도 침착하기 그지없다. 나는 이렇게 말했다.

"그럼 저도 사표를 내겠습니다. 홋타 선생이 사직해도 제가 태평하게 남아 있을 거라고 생각하셨는지 모르지만, 저는 그런 인정머리 없는 짓은 못합니다."

"그건 곤란하네. 홋타 선생도 그만두고 자네도 그만둔다면 수학 수업은 누가 하겠나……."

"수업을 못하게 되는 건 제 알 바 아닙니다."

"선생, 그렇게 제멋대로 굴면 곤란하네. 학교 사정도 생각해주게. 부임한 지 한 달도 채 되지 않았는데 사직을 했다고 하면 선생의 이력에도 좋지 않을 테니 그 점도 생각해야 하지 않겠나."

"이력 따위에 신경 쓰지 않습니다. 저는 이력보다 의리가 중요합니다."

"맞는 말이네. 선생이 하는 말은 한 마디 한 마디가 다 옳지만 내가 하는 말도 생각해보게. 선생이 굳이 사직하겠다면 어쩔 수 없지만 후임이 올 때까지는 있어줬으면 하네. 어쨌거나 다시 한번 생각해보게."

다시 생각하고 말 것도 없는 명명백백한 일이지만 너구리가 붉으락푸르락해진 것을 보고 안쓰러운 마음에 다시 생각해보기로 했다. 빨간 셔츠와는 말도 하지 않았다. 어차피 혼내줄 생각이니 한꺼번에 확실히 혼내주는 편이 나을 것이다.

센바람에게 너구리와 면담한 이야기를 했더니 "그럴 줄 알았네. 사표는 나중에라도 낼 수 있으니 일단 그냥 있어보게"라고 하기에 센바람이 말한 대로 했다. 어차피 센바람이 나보다 똑똑하니 모든 일은 그의 충고를 따르기로 했다.

센바람이 마침내 사표를 내고 동료 교사 모두에게 작별 인사를 하고 항구까지 갔다가 사람들 모르게 돌아왔다. 그리고 온천 마을의 마스야 여관 2층에 숨어 장지문에 구멍을 뚫고 엿보기 시작했다.

이 사실을 아는 사람은 나뿐이었다. 빨간 셔츠가 몰래 온다면 분명 밤일 것이다. 초저녁은 학생들과 다른 사람들의 눈이 있으니 적어도 밤 9시는 넘을 것이다. 처음 이틀 밤은 나도 11시 무렵까지 몰래 망을 보았지만 빨간 셔츠의 그림자도 보이지 않았다. 3일째 되는 날에는 밤 9시부터 10시 반까지 망을 보았지만 헛수고였다. 아무 소득 없이 한밤중에 하숙집으로 돌아오는 것만큼 힘 빠지는 일도 없었다. 4, 5일 지나자 하숙집 할머니가 다소 걱정하기 시작했다. "각시가 있은께 밤놀이는 그만두는 것이 좋지 안컸어라우"라고 충고했다. "그 밤놀이랑 이 밤놀이와는 달라요. 이것은 하늘을 대신해서 벌을 내리기 위한 밤놀이예요"라고 말하기는 했지만 일주일이 지나도 낌새조차 보이지 않으니 귀찮아졌다. 나는 성격이 급해서 열심히 할 때는 밤을 새워서라도 하지만 그 대신 오래 가지는 못한다. 아무리 하늘을 대신해서 벌을 준다지만 귀찮기는 마찬가지였다. 6일째에는 조금 싫어지더니 7일째에는 그만둘까 하고 생각했다.

반면 센바람은 완고했다. 초저녁부터 자정을 넘긴 시각까지 장지문에서 눈을 떼지 않고 가도야 가스등 아래를 지켜보았다. 내가 가면 오늘은 손님이 몇 명 왔는지, 묵고 가는 사람은 몇 명이고 여자는 몇 명이었는지 통계를 알려주었다. 참으로 놀라울 따름이다. "안 올 것 같은데"라고 하자 "아니, 분명 올 거야"라며 때때로 팔짱을 끼고 한숨을 쉬었다. 만약 빨간 셔츠가 여기에 오지 않는다면 센바람은 평생 천벌을 내리지 못할 것이다.

8일째 되는 날, 저녁 7시 무렵에 하숙집에서 나와 온천에 들렀다가 마을에서 계란 여덟 개를 샀다. 하숙집 할머니의 고구마 공세에 대한 대비책이었다. 계란을 양쪽 소매 속에 네 개씩 넣고 빨간 수건을 어깨에 걸치고 팔짱을 낀 채 마스야의 사다리 모양 계단을 올라가 센바람이 묵고 있는 방문을 여니 "이봐, 희망이 보이네"라고 말했다. 불법의 수호신인 위태천 같은 그의 얼굴에 화색이 돌았다. 어젯밤까지도 우울한 얼굴 때문에 옆에서 보고 있는 나까지 침울했는데 얼굴색을 보니 나는 기쁜 나머지 말을 듣기도 전에 "잘됐군. 잘됐어"라고 말했다.

"저녁 7시 반쯤에 고스즈라는 게이샤가 가도야에 들어갔어."

"빨간 셔츠와 함께?"

"아니."

"그렇다면 아무 소용없잖아."

“게이샤 두 명이 들어갔는데 아무래도 빨간 셔츠가 올 것 같네.”

“어째서?”

“어째서라니. 보통 교활한 놈이 아니니 먼저 게이샤를 들여보내 놓고 나중에 들어갈지 모르잖는가.”

“그럴지도 모르지. 벌써 9시군.”

“지금 9시 12분이야.”

센바람은 허리춤에서 니켈로 만든 회중시계를 꺼내 보다가 “이봐 램프 꺼. 장지문에 빡빡머리 두 개가 비치면 이상하잖아. 여우는 의심이 많으니까”라고 말했다.

나는 옻칠을 한 칠기 위에 놓인 남포등을 불어서 껐다. 별빛을 받은 장지문만이 조금 밝다. 달은 아직 뜨지 않았다. 나와 센바람은 장지문에 얼굴을 대고 숨을 죽이고 있었다. 벽시계가 땡 하고 9시 반을 알렸다.

“이봐, 올까? 오늘 오지 않으면 나는 그만두겠네.”

“나는 돈이 떨어질 때까지 할 거야.”

“얼마나 남았는데?”

“오늘까지 8일치 5엔 60전을 냈어. 아무 때나 나갈 수 있도록 매일 밤 계산하고 있네.”

“잘 준비했군. 여관에서 놀라지 않던가?”

“그건 상관없는데 계속 신경을 써야 하니 힘드네.”

“낮잠은 자겠지?”

“낮잠이야 자지. 하지만 외출을 할 수 없어서 답답해 죽을 지경이네."

"천벌을 내리는 일도 쉽지 않군. 하늘은 엄정해서 악인에게 반드시 천벌을 내린다고 하지만 그들이 그걸 피해간다면 정말 참기 힘들 거야."

"오늘 밤은 분명 올 걸세. 이봐, 저기 좀 보게."

그가 작은 소리로 말했기 때문에 나는 가슴이 철렁했다. 검은 모자를 쓴 남자가 가도야의 가스등 아래에서 위를 올려다보더니 어둠 속으로 사라졌다. 빨간 셔츠가 아니었다. 실망스러웠다. 그러는 사이에 여관 계산대의 시계는 10시를 알리는 종을 울렸다. 오늘 밤도 틀린 것 같다.

거리는 매우 조용했다. 유곽에서 울리는 북소리가 선명하게 들렸다. 달이 산 너머에서 불쑥 얼굴을 내밀었다. 거리는 밝았다. 그때 아래쪽에서 사람 소리가 들렸다. 창으로 얼굴을 내밀 수도 없으니 누구인지 알 수 없었지만 점점 다가오고 있었다. 딸그락딸그락 게다 끄는 소리가 났다. 이제 두 사람의 그림자가 보일 정도로 가까이 왔다.

"이제 됐어요. 방해자를 쫓아냈으니."

다른 사람도 아닌 아첨꾼의 목소리가 들렸다.

"허세만 부릴 줄 알았지 머리를 쓸 줄 모른다니까."

이건 빨간 셔츠다.

"그 남자도 참 등신이에요. 등신이지만 의협심 강한 도련님이니 귀엽기는 해요."

"월급을 올려준대도 싫다고 하질 않나, 사표를 내겠다고 하질 않나, 머리가 이상한 게 틀림없어."

나는 창문을 열고 2층에서 뛰어내려가 실컷 패주고 싶었으나 간신히 참았다. 두 사람은 하하하 웃으며 가스등 아래를 지나 가도야로 들어갔다.

"이봐."

"응."

"왔어."

"드디어 왔군."

"이제야 겨우 안심이 되는군."

"아첨꾼 놈, 나를 등신이지만 의협심 강한 도련님이라고 했겠다."

"방해자란 나를 말할 테고. 무례하기 짝이 없군."

나와 센바람은 두 사람이 돌아갈 때 공격할 계획이었다. 그러나 아무리 기다려도 두 사람은 나올 생각을 하지 않았다. 센바람은 아래층으로 내려가 혹시 밤중에 일이 있어 나갈지도 모르니 문을 잠그지 말아달라고 부탁했다. 지금 생각해보면 우리의 요청을 여관집에서 잘 받아주었다. 보통의 경우라면 도둑으로 오인받았을 것이다.

빨간 셔츠를 기다리는 일도 힘들었지만 나오기를 가만히 기다리는 일은 더욱 힘들었다. 잠도 못 자고 시종 장지문 구멍으로 지켜보는 것도 힘들고 마음도 안정되지 않다. 이렇게 힘든 경험은 내 인생에 처음이었다. 차라리 가도야에 쳐들어가서 현장을 덮치자고 했더니 센바람은 단번에 내 제안을 거절했다.

"우리가 지금 뛰어들어간다 해도 난폭한 짓을 하는 놈들이라고 저지당할 것이네. 이유를 말하고 면회를 요청해본들 없다고 하거나 다른 방으로 안내하겠지. 저지를 당하지 않는다고 해도 여러 방 중에서 어디에 있는지 어떻게 알 수 있겠는가. 힘들겠지만 나오기를 기다리는 것밖에는 뾰족한 수가 없어."

결국 가까스로 새벽 5시까지 버텼다.

가도야에서 나온 두 사람의 그림자를 보자마자 나와 센바람은 즉시 뒤를 밟았다. 첫 기차가 아직 없으니 두 사람은 성 아래 마을까지 걸어가야 한다. 온천 마을을 벗어나면 삼나무 가로수가 100미터 정도 늘어서 있고 양쪽에는 논이 있다. 그곳을 지나면 여기저기에 초가집이 있고 밭 가운데 성 아래 마을까지 이어지는 둑이 나온다. 온천 마을만 벗어나면 어디서 따라잡든 상관없지만 가능하면 인가가 없는 삼나무 가로수 길에서 덮쳐야겠다는 생각으로 숨바꼭질하듯 뒤따라갔다. 온천 마을을 벗어나는 동시에 속도를 내서 바짝 따라붙었다. 누군가 뒤따라온다는 낌새를 알아채고 돌아보는 놈을 향해 "기다려" 하고 어깨를 움켜잡았다.

아첨꾼은 낭패한 기색을 보이며 달아나려 했으나 내가 그 앞을 막아섰다.

"교감이라는 자가 왜 가도야에서 묵었나?"

센바람이 즉시 따져 물었다.

"교감은 가도야에서 묵으면 안 된다는 규칙이라도 있습니까?"

빨간 셔츠는 여전히 예의 바른 말투였다. 얼굴빛은 다소 창백했다.

"동료 교사에게는 학생들을 단속하는 데 본이 되지 않는다며 메밀국수 가게와 경단 가게의 출입을 금할 만큼 엄격한 사람이 어떻게 게이샤와 함께 여관에 묵을 수 있나?"

아첨꾼은 틈을 보아 달아나려 했고 나는 즉시 그 앞을 가로막고 "등신이지만 의협심 강한 도련님이라면서요" 하고 호통을 쳤더니 "아니, 선생님을 두고 한 말이 아니에요. 절대 아니라니까요"라며 뻔뻔스럽게 변명을 늘어놓았다. 그 순간 내가 소맷자락을 붙잡고 있다는 것을 깨달았다. 두 사람을 뒤쫓을 때 소매 속의 계란이 흔들려서 양손으로 꼭 잡고 온 것이다. 나는 급히 소매 속에 손을 넣어 계란을 두 개씩 꺼내 '얏' 소리와 함께 아첨꾼의 면상에 내던졌다. 계란이 퍽 하고 깨지더니 아첨꾼의 콧등을 타고 노른자가 주르르 흘러내렸다. 아첨꾼은 소스라치게 놀란 듯 '앗' 소리를 지르며 엉덩방아를 찧고는 "살려주세요"라고 했다. 나는 계란을 먹으려고 샀지 던지려고 소매에 넣어둔 것이 아니었다. 다만 너무 화가 나서 그만 던지고 말았던 것이다. 그러나 아첨꾼이 엉덩방아를 찧는 것을 보고 비로소 작전의 성공을 깨닫고 "에라, 이놈아" 하며 남은 계란 여섯 개를 마구 내던졌더니 아첨꾼의 얼굴이 온통 노랗게 되었다.

내가 계란을 던지고 있는 사이에 센바람은 여전히 빨간 셔츠와 말싸움을 하고 있었다.

"게이샤를 데리고 내가 여관에 묵었다는 증거가 있나요?"

"초저녁에 네놈의 단골 게이샤가 가도야에 들어가는 것을 보고 하는 말이다. 그래도 속일 참이냐?"

"속일 이유가 없소. 나와 요시카와 선생 둘이서 묵었소. 게이샤가 초저녁에 들어가든 말든 나와는 상관없는 일이오."

"입 닥쳐!"

센바람은 주먹을 날렸다. 빨간 셔츠는 비틀거리며 말했다.

"이것은 폭력이고 행패요. 말로 하지 않고 완력에 호소하는 것은 도리에 맞지 않는 짓이오."

"도리에 맞지 않는다고, 그래서" 하며 또 퍽 하고 때린다.

"네놈같이 간사한 인간은 맞아야 정신을 차린다니까."

센바람은 계속 주먹을 날렸다. 나도 아첨꾼을 흠씬 두들겨 패주었다. 결국 빨간 셔츠와 아첨꾼 두 사람은 삼나무 밑동 주위에 쪼그리고 앉았다. 움직이지 못하는 것인지 어지러운 것인지 도망갈 생각을 하지 않았다.

"이제 됐냐. 부족하면 더 패주겠다" 하고 센바람과 내가 달려들어 때렸더니 "이제 됐다"고 한다. 아첨꾼에게 "네놈도 됐냐?" 하고 물었더니 "물론입니다"라고 대답했다.

"네놈들의 교활함에 대한 천벌이다. 이것으로 반성하고 앞으로 행동 조심해. 아무리 교묘한 말로 빠져나가려고 해도 정의가 용서치 않을 것이다."

센바람이 이렇게 말하자 두 사람 모두 잠자코 있었다. 어쩌면 말하는 것조차 힘들었을지 모른다.

"나는 달아나지도, 숨지도 않을 것이다. 오늘 저녁 5시까지는 항구의 미나토야 여관에 있을 테니 용무가 있거든 순사든 누구든 보내"라고 센바람이 말하기에 "나 역시 달아나지도, 숨지도 않을 것이다. 홋타와 같은 곳에서 기다리고 있을 테니 경찰에 신고하고 싶으면 마음대로 해"라고 한 후 우리는 빠른 걸음으로 그 자리에서 벗어났다.

내가 하숙집으로 돌아온 것은 7시가 되기 조금 전이었다. 방으로 들어가 짐을 싸기 시작했다. 할머니가 놀라서 "무슨 일이당가요?" 하고 물었다. 나는 "할머니, 도쿄에 가서 아내를 데리고 올게요"라고 대답한 후 계산을 끝냈다. 즉시 기차를 타고 항구로 가서 미나토야에 도착하니 센바람이 2층에서 자고 있었다. 나는 곧바로 사표를 쓰려고 했지만 뭐라고 쓰면 좋을지 몰라 '개인 사정으로 사직하고 도쿄로 돌아가겠습니다. 승낙해주시기 바랍니다'라고 쓴 우편을 교장 앞으로 보냈다.

기선은 저녁 6시 출항이다. 센바람도 나도 피곤해서 푹 자고 일어났더니 오후 2시였다. 하녀에게 순사가 오지 않았느냐고 묻자 안 왔다고 대답했다.

"빨간 셔츠도, 아첨꾼도 신고하지 않았군" 하고 둘이서 크게 웃었다.

그날 밤 나와 센바람은 이 고장을 떠났다. 배가 기슭에서 멀어질수록 기분이 좋았다. 고베에서 도쿄까지 직행으로 신바시에 도착했을 때 오랜만에 속세에 나온 기분이 들었다. 센바람과는 그때 헤어진 이후 지금까지 만날 기회가 없었다.

기요에 대해 말하는 것을 잊고 있었다. 내가 도쿄에 도착하여 하숙집도 정하지 않고 가방을 든 채 "기요, 내가 돌아왔어" 하고 뛰어들어가니 "우리 도련님, 빨리 돌아오셨네요" 하며 눈물을 뚝뚝 흘렸다. 나도 매우 기뻐서 "이제 시골에는 가지 않을 거야. 도쿄에서 집을 마련하여 기요와 함께 살 거야"라고 했다.

그 후 어떤 사람의 소개로 나는 철도 회사의 기수(技手)가 되었다. 월급은 25엔이고 집세는 6엔이다. 기요는 현관이 있는 집은 아니었지만 무척 만족해했다. 그러나 안타깝게도 올해 2월 폐렴에 걸려 세상을 떠났다. 죽기 전날 기요는 내게 부탁했다.

"도련님 제가 죽거든 도련님의 가족묘가 있는 절에 묻어주세요. 무덤 속에서 도련님이 오기를 기다릴게요."

그래서 기요의 묘는 고비나타의 요겐사에 있다.

부조리한 사회에 날린 한 방과 그 씁쓸함에 대하여

나쓰메 소세키는 일본의 셰익스피어라고 불리며 국민적 사랑을 받는 작가이다. 그는《나는 고양이로소이다》,《마음》,《도련님》 등으로 널리 알려진 메이지 시대의 대문호로 소설, 수필, 하이쿠, 한시 등 다양한 분야에서 작품을 남겼다.

나쓰메 소세키의 수많은 작품 중《도련님》은 1906년에 잡지《호토토기스》에 발표한 소설로, 200자 원고지 약 500장 분량으로 일주일에 걸쳐 썼다고 한다. 하루에 원고지 70장 정도를 쓴 셈인데 엄청난 창작욕에 불탔다기보다는 평소 소세키가 인식한 사회상을 그대로 옮겨놓았다고 봐야 할 것이다. 특히 영어 교사로 일한 자신의 경험을 소설로 옮겼다고 봐도 무방하다.

도련님의 좌충우돌 교사 생활기

《도련님》은 사회 부조리와 기회주의적 인간에 대한 비판을 담고 있지만 무겁게 이야기를 끌고 가는 대신, 솔직함과 정의감으로 똘똘 뭉친 사회 초년생 도련님의 초보 교사 생활을 웃음과 순수함을 담아 표현했다. 독자들은 도쿄에서 곱게 자란 도련님이 시골 학교에서 좌충우돌 현실 세계를 겪으며 사회의 부조리에 맞서고 기득권 세력에 당당히 일침을 가하는 모습에서 통쾌함을 느낀다. 하지만 그 통쾌함 뒤에는 뭔가 씁쓸함이 남는다.

도련님은 시골 시코쿠의 중학교에서 수학 교사 센바람과 함께 약아빠진 교감 선생 빨간 셔츠와 그의 추종자인 미술 교사 아첨꾼을 혼내준다. 보통 고전문학의 기본 뼈대는 권선징악과 인과응보다. 《도련님》도 우리나라의 고전문학인 《흥부전》, 《장화홍련전》, 《콩쥐팥쥐전》의 권선징악 구조를 따르고 있어서 마치 고전문학을 읽는 듯 해학과 골계미를 느낄 수 있다.

근대의 그림자, 그 씁쓸함에 대해

독자들은 글을 읽으면서 도련님이 과연 완벽한 응징을 한 것인지 고개를 갸우뚱하게 된다. 부당하고 불의한 빨간 셔츠와 아첨꾼을 흠씬 두들겨 패주는 것으로 승자가 된 듯하지만 결국 학교에 사직서를 내고 떠나는 사람은 도련님과 센바람이다. 빨간 셔츠와 아첨꾼은 다음 날 학교에 출근하여 아무 일도 없었다는 듯이 생활한다. 결과적으로 진짜 패자는 도련님과 센바람이다. 혼내주기는 하지만 일시적 변화일 뿐 본질은 그대로 남아 있는 까닭이다. 나쓰메 소세키는 여기에서 '근대'를 이야기한다. 당시 일본 사회는 근대로 이행하면서 사회적 가치들이 급격하게 변하고 인간 삶 또한 요동쳤다. 작가는 그런 '근대'가 빚어내는 사회 부조리와 씁쓸함을 도련님과 센바람을 통해 보여주고자 했는지 모른다.

젊은 시절 나쓰메 소세키는 문부성 파견 유학생으로 선발되어 영국에서 국비 유학 생활을 했다. 19세기 마지막 해인 1900년 9월 유학길에 올라 1903년 1월에 돌아왔다. 당시 영국은 지하철과 자동차가 다니고 산업화로 농업은 괴멸 상태에 이르렀다. 도시화에 따른 결과였다. 그는 세계 최대 도시 런던에서 '근대'를 접했고 '근대'가 가져온 불합리와 격변을 직접 체험했다. 이후 일본 사회 또한 영국이 겪은 '근대'의 폐해를 답습했고 작가는 작품 속에 이를 고스란히 담았다.

어두운 근대를 벗고 밝은 세상으로

나쓰메 소세키는 명철한 사회 인식과 비판을 어둡고 무겁게 그리는 대신, 인물들을 익살스럽게 묘사하고 유머러스한 대화와 표현들로 가득 채우고 있다. 그래서 그의 작품에는 고전문학에 담긴 해학과 웃음, 눈물이 있다. 나쓰메 소세키는 독자들에게 익살과 해학으로 시종일관 웃음을 던지지만 마지막 장에서는 눈물샘을 자

극한다. 그리고 그 눈물은 '근대'에 밀려난 '구시대'의 상징인 기요의 사랑에 기인한다. 기요는 메이지 유신 때 몰락한 집안 출신으로 도련님의 집에서 일하는 할멈이다. 자신의 피붙이인 조카보다 도련님을 더 좋아하고 아끼며 극진히 보살핀다. 이 작품에는 처음부터 끝까지 도련님에 대한 기요의 사랑이 관통하고 있다. 도련님이 부임 한 달 만에 시코쿠의 중학교에 사직서를 내고 도쿄로 돌아간 것도 기요가 기다리고 있었기 때문이다.

이렇듯 기요는 부조리하고 어두운 세계에서 벗어난 '맑고 따뜻한 세계'로서 도련님, 즉 나쓰메 소세키가 지향하는 세계이기도 하다. 하지만 현실은 지향하는 세계를 언제나 벗어난다는 데 슬픔이 있다. 책이 출간된 지 100년이 지난 지금에도 작가가 지향한 세계와 현실 그리고 슬픔은 과거와 크게 다르지 않다. 시공간을 뛰어넘어 독자들이 공감하는 까닭이 여기에 있다. 인간 군상 속에서 느끼는 문제와 본질은 변하지 않기 때문이다.

장현주

1867년 2월 9일, 에도 우시고메바바시타 요코쵸(현재의 신주쿠구 기쿠이쵸)에서 토지를 소유 · 관리하는 묘슈인 나쓰메 고헤나오카쓰와 치에 사이에서 5남 3녀 중 막내로 태어났다. 본명은 긴노스케로 태어나자마자 요쓰야의 만물상에 양자로 보내졌지만 곧 되돌아왔다.

1868년 나쓰메 집안의 서생이었던 묘슈 시오바라 쇼노스케의 양자가 되었다.

1873년 양아버지 쇼노스케가 아사쿠사의 고초(戸長, 메이지 시대 초기에 쵸(町)의 행정 사무를 맡은 관리)에 임명되어 아사쿠사 스와초로 이전했다.

1874년 양부모가 이혼한 후 친가로 돌아왔다.

1878년 친구들과 만든 회람잡지에 〈마사시게론(正成論)〉을 발표했다.

1879년 도쿄 부립 제일중학교에 입학했다.

1881년 친어머니 치에가 사망하면서 도쿄 부립 제일중학교를 중퇴했다. 이후 사립 니쇼 학사에서 한학을 배웠다.

1883년 대학 예비문(제일고등학교의 전신) 시험 준비를 위해 간다 스루가다이의 세이리쓰 학사에 입학하여 영어를 배웠다.

1884년 9월에 대학 예비문 예과에 입학했다.

1885년 사루가쿠쵸에서 하숙 생활을 하는 동안 공부는 뒷전이고 요세(만담, 야담, 재담 등을 공연하는 곳)에 출입했다.

1888년 시오바라 성에서 나쓰메 성으로 복적되었다. 제일고등중학 예과를 졸업하고 본과 영문학과에 입학했다.

1889년 마사오카 시키와 가깝게 지내며 시키의 시문집 《나나쿠

사슈(七草集)》에 대해 한문으로 평을 썼는데, 이때 처음으로 소세키라는 필명을 사용했다. 기행 한시 문집《보쿠세쓰로쿠(木屑録)》를 쓰고 시키에게 평을 부탁했다.

1890년 7월에 제일고등중학 본과 제1부를 졸업하고 도쿄제국대학 문과대학 영문학과에 입학했다. 이해부터 다음해까지 염세주의에 빠졌다.

1891년 일본 문부성의 특대생이 되고 이때부터 본격적으로 하이쿠를 시작했다. J. M 딕슨 교수의 부탁으로《호조기(方丈記)》를 영어로 번역했다.

1892년 징병을 피하고자 분가하여 호적을 홋카이도로 옮겼다. 도쿄전문학교(현재의 와세다대학) 강사가 되었고,《노자의 철학》(문과 대학 동양 철학 논문)을 썼다. 여름에는 마쓰야마를 방문했다가 다카하마 교시를 처음 만났다.《철학 잡지》에 〈문단의 평등주의 대표자 월트 휘트먼의 시에 대해서〉를 발표하고《중학 개정책》을 썼다.

1893년 3월부터 6월까지《철학 잡지》에 〈영국 시인의 천지산천에 대한 관념〉을 연재했다. 이후 도쿄제국대학 영문학과를 졸업하고 대학원에 진학했으며 도쿄고등사범학교 영어 촉탁 교사가 되었다.

1894년 폐결핵에 걸려 가마쿠라 엔카쿠지에서 참선하며 요양에 힘썼다.

1895년 고등사범 교사를 사직하고 마쓰야마 중학교에 부임했다. 도쿄에서 귀족원 서기관 나카네 시게카즈의 장녀 교코와 맞선을 봤다.

1896년 마쓰야마 중학교를 사직하고 구마모토의 제5고등학교 교사로 부임한 후 나카네 교코와 결혼했다.

1897년 아버지 나오카쓰가 사망했다.

1899년 《호토토기스》에 〈영국 문인과 신문 잡지〉를 발표했다.

1900년 문부성으로부터 영어 교육법 연구를 위해 2년 동안 영국 유학을 다녀오라는 명을 받았다.

1901년 〈런던 소식〉을 《호토토기스》에 발표했다.

1902년 《문학론》의 구상을 결심하고 집필에 매진했다.

1903년 영국 유학에서 돌아와 제1고등학교 교사와 도쿄제국대학 영문과 강사를 겸임했다. 〈자전거 일기〉를 《호토토기스》에 발표했다. 다시 신경 쇠약이 악화되었다.

1905년 《나는 고양이로소이다》를 《호토토기스》에 발표했다. 1회로 끝날 예정이던 《나는 고양이로소이다》가 호평을 얻고 반향을 일으키자, 1905년부터 1906년 8월까지 11회에 걸쳐 연재했다.

1906년 4월에 《도련님》을 《호토토기스》에, 9월에 《풀베개》를 《신소설》에 발표하고, 11월에 《나는 고양이로소이다》 중편을 출판했다.

1908년 1월부터 4월까지 《갱부》를 연재하고 《우미인초》를 출판했다. 이후 《몽십야》와 《산시로》를 연재하고 《풀베개》를 출판했다.

1911년 《문》을 출판했다. 위궤양으로 입원 중 문부성으로부터 문학 박사 학위 수여를 통지받지만 거절했다.

1912년 1월부터 4월까지 《피안 지날 때까지》를 연재하고 9월에 출판했으며 12월에는 《행인》을 연재했다.

1913년 신경 쇠약이 심해지고 위궤양이 재발하여 《행인》 연재를 중단했다가 9월에 다시 연재하여 11월에 완결했다.

1914년 1월에 《행인》을 출판했다. 4월부터 8월까지 《마음》을 연재하고 10월에 출판한 후 위궤양으로 한 달간 병상에서 지냈다.

1915년 《유리문 안에서》를 4월에, 《한눈팔기》를 10월에 출판했다. 구메 마사오, 아쿠타가와 류노스케가 문하생으로 들어왔다.

1916년 《명암》을 연재하던 중 위궤양 악화로 12월 9일에 생을 마쳤다.

옮긴이 장현주

대학에서 일어일문학을 공부한 후 일본 문학을 더 깊이 연구하고자 일본 분쿄대학교 일어일문학과에 진학했다. 분쿄대학 대학원에서 일본 문학 석사학위를 취득한 후 분쿄대학 대학원에서 연구생으로 1년간 더 일본 문학에 대해 연구했다. 옮긴 책으로《IQ210 김웅용 : 평범한 삶의 행복을 꿈꾸는 천재》,《삼국지 1~10》,《마음》,《글 잘 쓰는 독종이 살아남는다》,《은하철도의 밤》 등이 있다.

도련님

초판 1쇄 펴낸 날 2018년 7월 30일

지 은 이 나쓰메 소세키
옮 긴 이 장현주
펴 낸 이 장영재
편 집 백수미, 배우리, 서진
디 자 인 고은비, 안나영
마 케 팅 강동균, 강복엽, 노지훈
경영지원 마명진
물류지원 한철우, 노영희, 김성용, 강미경

펴 낸 곳 (주)미르북컴퍼니
자 회 사 더클래식
전 화 02)3141-4421
팩 스 02)3141-4428
등 록 2012년 3월 16일(제313-2012-81호)
주 소 서울시 마포구 성미산로32길 12, 2층 (우 03983)
E-mail sanhonjinju@naver.com
카 페 cafe.naver.com/mirbookcompany

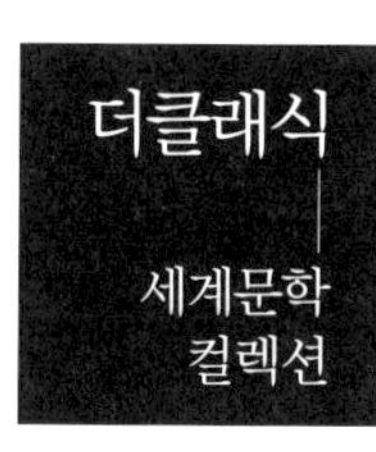

1 | **노인과 바다** | 어니스트 헤밍웨이
1953년 퓰리처상 수상작 / 1954년 노벨문학상 수상 / 미국대학위원회 선정 SAT 추천도서

2 | **동물 농장** | 조지 오웰
미국대학위원회 선정 SAT 추천도서 / 〈타임〉지 선정 현대 100대 영문소설
한국 문인이 선호하는 세계명작소설 100선 / 서울시 교육청 추천도서
논술 및 수능에 출제된 책(1998~2005)

3 | **어린 왕자** | 앙투안 드 생텍쥐페리
전 세계 1억 부 이상 판매 기록 / 16개국 언어로 번역

4 | **사람은 무엇으로 사는가**(톨스토이 단편선 1) | 레프 니콜라예비치 톨스토이
영어권 문학가들이 가장 좋아하는 작가 / 전 세계 거의 모든 언어로 번역된 필독서

5 | **더 레이븐**(포 단편선) | 에드거 앨런 포
포 최고의 미스터리 세계를 보여 준 호러 문학의 걸작

6 | **예언자** | 칼릴 지브란
대한민국 대표 명사 혜민스님 추천작

7 | **젊은 베르테르의 슬픔** | 요한 볼프강 폰 괴테
세기의 철학가와 문인들의 찬사를 받은 대표작

8 | **독일인의 사랑** | 프리드리히 막스 뮐러
잊히지 않는 낭만적 사랑의 향기 / 독일 낭만주의 시인 막스 뮐러의 유일 순수문학 작품

9 | **이방인** | 알베르 카뮈
노벨 연구소 선정 최고의 세계문학 100선 / 1957년 노벨문학상 수상작
대한민국 명사 101인의 대표 추천작 / 연세대학교 필독도서 / 미국대학위원회 선정 SAT 추천도서
〈타임〉지 선정 세상을 움직인 책 100권

10 | **데미안** | 헤르만 헤세
1946년 노벨문학상 수상 작가 / 20세기 일대 센세이션을 일으킨 성장 소설의 고전
서울시 교육청 추천도서

11 | **그리스인 조르바** | 니코스 카잔차키스
미국대학위원회 선정 SAT 추천도서 / 한국간행물윤리위원회 선정추천도서
한국출판인회의 출판인이 선정한 100권의 도서

12 | **위대한 개츠비** | 프랜시스 스콧 피츠제럴드
〈타임〉지 선정 현대 100대 영문소설 / 어니스트 헤밍웨이가 인정한 완벽한 일급 작품
20세기 100대 영문소설 1위 / 미국대학위원회 선정 SAT 추천도서 / 뉴욕 공립도서관 추천도서
대한민국 명사 101인의 대표 추천작 / WTO 북클럽 추천도서

13 | **도리언 그레이의 초상** | 오스카 와일드
미국대학위원회 고교 추천도서 101 / 대한민국 명사 101의 대표 추천작

14 | **벨 아미** | 기 드 모파상
모파상의 가장 매력적이고 파격적인 작품 / 19세기 파리를 뒤흔든 파격 스캔들
2012년 개봉한 영화 〈벨 아미〉 원작

15 | **이상한 나라의 앨리스** | 루이스 캐럴
난센스와 판타지의 대표작 / 아카데미 '미술상' 수상한 영화의 원작
19세기 가장 유명한 영국 아동문학 작가

16 | **두 도시 이야기** | 찰스 디킨스
영국이 낳은 가장 위대한 소설가 / 영화 〈다크나이트〉의 모티프
미국대학위원회 선정 SAT 추천도서 / 서울시 교육청 선정 청소년 필독도서

17 | **햄릿** | 윌리엄 셰익스피어
대한민국 명사 101인의 대표 추천작 / 서울대학교 권장도서 100선 / 서울대학교 동서고전 200선
연세대학교 필독도서 / 미국대학위원회 선정 SAT 추천도서 / 국립중앙도서관 선정 청소년 권장도서

18 | **오페라의 유령** | 가스통 르루
4대 뮤지컬 〈오페라의 유령〉 원작 소설 / 프랑스 최고 추리소설 작가

19 | **1984** | 조지 오웰
〈타임〉지 선정 세상을 움직인 책 100권 / 〈텔레그라프〉지 완벽한 도서관을 위한 권장도서 100
세계 3대 디스토피아 미래 소설 / 〈가디언〉지 권장도서 / 뉴욕 공립도서관 추천도서
하버드 대학생이 가장 많이 산 책 1위

20 | **수레바퀴 아래서** | 헤르만 헤세
대한민국 명사 101인의 대표 추천작
헤르만 헤세의 사춘기 시절 경험을 바탕으로 한 자전적 소설
1946년 노벨문학상 / 국립중앙도서관 선정 청소년 권장도서

21 22 23 | **안나 카레니나 1~3** | 레프 니콜라예비치 톨스토이
톨스토이 생애 최고의 리얼리즘 소설 / 서울대학교 권장도서 100선 / 서울대학교 동서고전 200선
연세대학교 필독도서 / 미국대학위원회 선정 SAT 추천도서 / 오프라 윈프리 북클럽 권장도서
논술 및 수능에 출제된 책(1998~2005)

24 | **오즈의 마법사 1 - 오즈의 위대한 마법사** | 라이먼 프랭크 바움
미국대학위원회 선정 SAT 추천도서 / 연세대학교 필독도서 / 국립중앙도서관 선정 우수 번역서

25 | **리어 왕** | 윌리엄 셰익스피어
대한민국 명사 101인의 대표 추천작 / 서울대학교 권장도서 100선 / 연세대학교 필독도서
미국대학위원회 선정 SAT 추천도서 / 〈가디언〉지 권장도서 / 세인트존스 대학교 권장도서
논술 및 수능에 출제된 책(1998~2005)

26 27 28 29 30 | **레 미제라블 1~5** | 빅토르 위고
저명한 문학비평가들이 극찬한 세기의 걸작 / WTO 북클럽 추천도서
2013년 개봉한 영화 〈레 미제라블〉의 원작 / 전자책 베스트셀러 1위(2013)

31 | **월든** | 헨리 데이비드 소로
미국대학위원회 고교추천도서 101 / 미국대학위원회 선정 SAT 추천도서
박원순 서울시장이 선택한 책 50권

32 | **눈의 여왕**(안데르센 단편선) | 한스 크리스티안 안데르센
어린이문학에 꽃을 피운 불멸의 작가 / 세계를 움직인 100권의 책 선정
노벨 연구소 선정 세계 100대 문학 작품

33 | **오만과 편견** | 제인 오스틴
서울대학교 동서고전 200선 / 연세대학교 필독도서 / 세인트존스 대학교 권장도서
〈텔레그라프〉지 완벽한 도서관을 위한 권장도서 100 / 〈가디언〉지 권장도서
미국대학위원회 선정 SAT 추천도서 / 국립중앙도서관 선정 청소년 권장도서

34 | **로미오와 줄리엣** | 윌리엄 셰익스피어
서울대학교 동서고전 200선 / 미국대학위원회 선정 SAT 추천도서
칼리지보드 선정 고교생 필독서 101권

35 | **바람이 분다** | 호리 다쓰오
미야자키 하야오의 애니메이션 영화 〈바람이 분다〉 원작

36 | **맥베스** | 윌리엄 셰익스피어
서울대학교 권장도서 100선 / 연세대학교 필독도서 / 미국대학위원회 선정 SAT 추천도서
국립중앙도서관 선정 청소년 권장도서

37 | **신곡 - 인페르노**(지옥) | 단테 알리기에리
서울대학교 권장도서 100선 / 국립중앙도서관 선정 청소년 권장도서
미국대학위원회 선정 SAT 추천도서 / 〈뉴스위크〉지 선정 100대 명저

38 | **외투 · 코**(고골 단편선) | 니콜라이 바실리예비치 고골
사실주의 문학의 지평을 연 작품

39 | **인간 실격** | 다자이 오사무
교육과학기술부 산하 사단법인 한국교육지원회 선정 아침독서 10분 운동 필독서
영화 평론가 이동진 추천도서

40 | **마지막 잎새**(오 헨리 단편선) | 오 헨리
서울대학교 · 연세대학교 추천도서 / 서울시 교육청 추천도서 / EBS 주최 북퀴즈 왕 선발 추천도서

41 | **오즈의 마법사 2 – 환상의 나라 오즈** | 라이먼 프랭크 바움
미국대학위원회 선정 SAT 추천도서

42 | **좁은 문** | 앙드레 지드
교육과학기술부 산하 사단법인 한국교육지원회 선정 아침독서 10분 운동 필독서

43 | **깨끗하고 밝은 곳**(헤밍웨이 단편선) | 어니스트 헤밍웨이
국립중앙도서관 선정도서 / 남산도서관 선정도서

44 | **벤자민 버튼의 시간은 거꾸로 간다**(피츠제럴드 단편선 1) | 프랜시스 스콧 피츠제럴드
전미비평가협회 선정 '톱 10 작품', 영화 〈벤자민 버튼의 시간은 거꾸로 간다〉의 원작
2013 화제의 영화 〈위대한 개츠비〉 작가, 피츠제럴드 단편선

45 | **광란의 일요일**(피츠제럴드 단편선 2) | 프랜시스 스콧 피츠제럴드
2013 화제의 영화 〈위대한 개츠비〉 작가, 피츠제럴드 단편선

46 | **천로역정** | 존 버니언
성경 다음으로 많이 읽힌 기독교 3대 고전 중 하나 / 2003년 국립중앙도서관 선정 고전 100선

47 | **세 가지 질문**(톨스토이 단편선 2) | 레프 니콜라예비치 톨스토이
영어권 문학가들이 가장 좋아하는 작가 / 전 세계 거의 모든 언어로 번역된 필독서

48 | **벚꽃 동산**(체호프 희곡선 1) | 안톤 체호프
미국대학위원회 선정 SAT 추천도서 / 서울대학교 권장도서 100선

49 | **개를 데리고 다니는 여인**(체호프 단편선 1) | 안톤 체호프
서울대학교 동서고전 200선 / 노벨 연구소 선정 세계문학 100선

50 | **귀여운 여인**(체호프 단편선 2) | 안톤 체호프
노벨 연구소 선정 세계문학 100선

51 | **폭풍의 언덕** | 에밀리 브론테
서울대학교 · 연세대학교 · 고려대학교 권장도서
1940 아카데미 상 최우수작 지명 〈폭풍의 언덕〉 원작

52 | **지킬 박사와 하이드** | 로버트 루이스 스티븐슨
2004 한국 문인이 선호하는 세계 명작 소설 100선

53 | **바냐 아저씨**(체호프 희곡선 2) | 안톤 체호프
서울대학교 권장도서 100선 / 노벨문학상 수상자 네이딘 고디머, 앨리스 먼로의 표본

54 55 | **이솝 이야기 1~2** | 이솝
어린이독서위원회, 서울 독서교육연구회 권장도서

56 | **오즈의 마법사 3 – 오즈의 오즈마 공주** | 라이먼 프랭크 바움
미국대학위원회 선정 SAT 추천도서

57 | **주홍색 연구**(셜록 홈즈 시리즈 1) | 아서 코난 도일
영국 BBC 제작, KBS 방영 〈셜록〉의 원작 / 대한민국 대표 추리 소설가 백휴의 작품해설 수록

58 | **네 개의 서명**(셜록 홈즈 시리즈 2) | 아서 코난 도일
영국 BBC 제작, KBS 방영 〈셜록〉의 원작 / 대한민국 대표 추리 소설가 백휴의 작품해설 수록

59 | **배스커빌가의 개**(셜록 홈즈 시리즈 3) | 아서 코난 도일
영국 BBC 제작, KBS 방영 〈셜록〉의 원작 / 대한민국 대표 추리 소설가 백휴의 작품해설 수록

60 | **공포의 계곡**(셜록 홈즈 시리즈 4) | 아서 코난 도일
영국 BBC 제작, KBS 방영 〈셜록〉의 원작 / 대한민국 대표 추리 소설가 백휴의 작품해설 수록

61 | **페스트** | 알베르 카뮈
노벨문학상 수상 작가 / 1947년 프랑스 비평가상 수상 / 서울대학교 권장도서 100선

62 | **무기여 잘 있거라** | 어니스트 헤밍웨이
〈타임〉지가 뽑은 20세기 최고의 문학 100선 / 미국 대학 위원회 선정 SAT 추천 도서

63 | **야간 비행** | 앙투안 드 생텍쥐페리
1931년 페미나 문학상 수상 / 작가의 경험이 들어간 직업 소설

64 | **톰 소여의 모험** | 마크 트웨인
미국 현대문학의 효시 마크 트웨인의 대표작 / 일본 후지TV 애니메이션 〈톰 소여의 모험〉 원작

65 | **프랑켄슈타인** | 메리 셸리
오늘날 SF소설의 선구 / 과학기술이 야기하는 사회적, 윤리적 문제를 다룬 최초의 소설

66 | **마음** | 나쓰메 소세키
서울대 권장도서 100선 / 일본의 셰익스피어 나쓰메 소세키의 대표작

67 | **노예 12년** | 솔로몬 노섭
2014 아카데미 시상식 3관왕 〈노예 12년〉 원작 / 노예 해방의 도화선이 된 작품

68 | **어머니 이야기**(안데르센 단편선 2) | 한스 크리스티안 안데르센
SBS 드라마 신의 선물-14일 메인 테마 도서 / 어린이문학에 꽃을 피운 불멸의 작가

69 70 | **제인 에어 1~2** | 샬럿 브론테
150년간 사랑받은 로맨스 소설의 고전 / 미국 대학위원회 선정 SAT 추천도서
영국 〈가디언〉이 선정한 세계 100대 최고의 소설 / 연세대학교 권장도서
영국BBC 조사 영국인들이 가장 사랑하는 소설 100선 / 현대 여성들이 가장 사랑하는 필독서

71 | **선 오브 갓, 예수 – 예수의 생애** | 찰스 디킨스
2014년 개봉 〈선 오브 갓〉 원작 / 종교철학자 헤겔의 사상을 만든 고전
대문호 찰스 디킨스의 숨은 명작

72 | **싯다르타** | 헤르만 헤세
대한민국 명사 시인 장석남이 강력 추천한 작품 / 출간과 동시에 10만 부가 넘게 팔린 역작
진정한 자아를 깨닫기 위해 늘 고민하던 헤르만 헤세의 자전적 소설

73 | **신곡 – 연옥** | 단테 알리기에리
서울대 권장도서 100선 / 미국대학위원회 선정 SAT 추천도서
국립중앙박물관 선정 청소년 권장도서 / 〈뉴스위크〉 선정 100대 명저

74 75 | **테스 1~2** | 토머스 하디
미국 영국 BBC 선정 영국인이 사랑한 책 100선 / 서울대 추천 고등학생 권장도서 100선

76 | **잠자는 숲속의 공주**(샤를 페로 단편선) | 샤를 페로
프랑스 아동 문학의 아버지 / 영화 〈말레피센트〉원작

77 | **미녀와 야수**(보몽 단편선) | 잔 마리 르 프랭스 드 보몽
변신 모티프의 전형을 완성 / 미야자키 하야오와 디즈니 애니메이션 원작

78 79 80 | **웃는 남자 1~3** | 빅토르 위고
빅토르 위고가 최고로 자부한 걸작 / 출간 당시 전 유럽을 충격에 빠트린 문제작
뮤지컬, 영화 등 여러 매체로 알려진 〈웃는 남자〉의 원작
한국간행물윤리위원회 선정 청소년 권장도서(2007)

81 | **보바리 부인** | 귀스타브 플로베르
사실주의 문학의 거장 귀스타브 플로베르의 대표작 / 서울대학교 추천 도서 100선
외설적이라는 이유로 19세기 교황청 금서목록에 선정된 작품 / 〈뉴스위크〉지 선정 100대 명저

82 | **별**(도데 단편선 1) | 알퐁스 도데
자연주의와 인상주의의 절묘한 조화 / 서정적인 감수성과 아름다운 문체
부산시 교육청 선정 중학생 권장도서 / 포스코 교육재단 선정 중학생 필독도서

83 | **보이첵**(뷔히너 단편선) | 게오르그 뷔히너
세계 최초로 한국에서 뮤지컬화 된 〈보이첵〉의 원작 / 시대를 폭로하는 천재 작가의 현실감 넘치는 작품

84 | **오셀로** | 윌리엄 셰익스피어
셰익스피어 4대 비극 중 하나 / 뉴스위크 선정 100대 명저 / 서울대학교 권장도서 100선

85 | **변신**(카프카 단편선) | 프란츠 카프카
소외된 인간이었던 작가의 갈등과 고독을 반영 / 서울대 추천도서 100선 / 명사 101명이 추천한 파워클래식

86 | **피노키오** | 카를로 콜로디
월트 디즈니 인생 최고의 애니메이션으로 재탄생 / 스티븐 스필버그 감독의 2001년작 〈A.I〉의 모티브 /
260개 언어로 번역된 교훈적 내용

87 | **세상을 보는 지혜** | 발타자르 그라시안 · 쇼펜하우어
세기를 아우르는 저명한 철학자가 쓰고 철학자가 옮긴 대표적인 작품 /
세상을 살아가는 데 꼭 필요한 빛나는 지혜를 전수해 주는 인생 처세서

88 | **마지막 수업**(도데 단편선) | 알퐁스 도데
중 · 고등학교 국어 교과서 수록 작품 / 교육청 선정 청소년 권장도서 100선

89 | **키다리 아저씨** | 진 웹스터
출간 이래 100년 동안 사랑받아 온 스테디셀러 / 세상의 편견을 뛰어넘은, 편지 형식 소설의 대명사

90 | **키다리 아저씨 2-그 후 이야기** | 진 웹스터
미국 · 일본 · 한국에서 2차 창작된 작품의 속편 / 여성의 대외 활동을 고양시킨 사회적 걸작

91 92 93 | **피터 래빗 이야기 1~3** | 베아트릭스 포터
세상에서 가장 사랑받는 토끼 이야기 / 자연 보호와 동물 존중 사상이 담긴 작품

94 95 | **드라큘라 1~2** | 브램 스토커
지금까지 가장 많은 동명의 영화로 제작된 고딕 소설의 대명사
2004년 뮤지컬로 만들어져 브로드웨이 초연 이후 세계 각국에서 사랑 받아온 작품

96 97 98 99 | **카라마조프가의 형제들 1~4** | 표도르 도스토옙스키
신 · 종교, 삶 · 죽음, 사랑 · 욕망 등 인간 내면의 본성의 문제를 다룬 작품
정신분석학자 프로이트가 꼽은 세계문학사 3대 걸작 중 하나

100 | **하늘과 바람과 별과 시** | 윤동주 (양승갑 영작)
요절한 천재 민족 시인의 유고시집 / 대중성과 문학성을 겸비한 시인 김경주 추천작

101 | **정글북** | 러디어드 키플링
영미권 작품 최초, 최연소 노벨문학상 수상작 / 정글의 생명력을 담은 자연친화적 작품
작가의 아버지 존 록우드 키플링이 직접 그린 삽화 및 기타 삽화가들 그림 삽입

102 | **거울나라의 앨리스** | 루이스 캐럴
난센스와 판타지의 대표작《이상한 나라의 앨리스》속편
거울 속으로 떠난 앨리스의 두 번째 모험 이야기

103 | **마테오 팔코네**(메리메 단편선) | 프로스페르 메리메
프랑스 단편소설의 거장 메리메의 대표 단편선 / 비제의 오페라 〈카르멘〉의 원작자

104 | **빨강머리 앤** | 루시 모드 몽고메리
캐나다의 대표적인 소설가 몽고메리의 데뷔작 / 서울시 교육청 선정 청소년 권장도서
KBS TV '책을 말하다' 추천도서 / 일본 후지 TV 애니메이션 〈빨강머리 앤〉 원작

105 | **삶이 그대를 속일지라도**(푸시킨 시선집) | 알렉산드르 푸시킨
러시아 리얼리즘 소설의 선구자이자 러시아 국민시인 푸시킨의 대표 시선집

106 | **도련님** | 나쓰메 소세키
일본의 셰익스피어 나쓰메 소세키를 인기 작가 반열에 올린 작품
'책으로 따뜻한 세상 만드는 교사들(책따세)' 권장도서
서울시 교육청 '청소년을 위한 고전 콘서트' 도서 / 서울대학교 지정 수능필독도서

107 | **은하철도의 밤**(겐지 단편선) | 미야자와 겐지
일본이 가장 사랑하는 동화작가 미야자와 겐지의 대표 단편선
일본 후지 TV 애니메이션 〈은하철도 999〉의 모티브

108 | **자기만의 방** | 버지니아 울프
20세기 페미니즘 비평의 선구자 버지니아 울프의 수필집
국립중앙도서관 선정 권장도서 / 서강대학교 권장도서 100선

109 | **플랜더스의 개**(위다 단편선) | 위다(매리 루이스 드 라 라메)
멜로 드라마풍의 작품으로 유명한 영국의 아동문학가
서울시 교육청 선정 청소년 권장도서 / 일본 후지 TV 애니메이션 〈플랜더스의 개〉 원작

110 | **크리스마스 캐럴** | 찰스 디킨스
셰익스피어와 함께 영국을 대표하는 작가 찰스 디킨스의 중편소설
'책으로 따뜻한 세상 만드는 교사들(책따세)' 권장도서

111 | **탈무드** | 유대교 랍비
5000년에 걸친 유대인의 지혜가 담긴 책 / 서울대학교 지정 수능필독도서
포스코 교육재단 선정 초등학교 필독도서 / 경북교육청 선정 청소년 권장도서
백인제기념도서관 교양도서

* 더클래식 세계문학 컬렉션은 계속 출간될 예정입니다.